El búfalo de la noche

El búfalo de la noche

NOVELA

Guillermo Arriaga

ATRIA BOOKS

New York London Toronto Sydney

ATRIA BOOKS

1230 Avenue of the Americas
New York, NY 10020

Copyright © 2002 por Guillermo Arriaga

Todos los derechos están reservados, incluyendo el derecho de repro-
ducción en total o parcial en cualquier forma. Para obtener cualquier
información, diríjase a: Atria Books, 1230 Avenue of the Americas,
New York, NY 10020.

Publicado originalmente en España en 2002 por Editorial Debate, S.A.
Publicado simultáneamente en inglés como *The Night Buffalo*

ISBN-13: 978-0-7432-8665-7
ISBN-10:   0-7432-8665-0

Primera edición en pasta dura de Atria Books, mayo 2006

10 9 8 7 6 5 4 3 2 1

Library of Congress Cataloging-in-Publication Data

Arriaga Jordán, Guillermo, 1958–
    El bufalo de la noche : novela / Guillermo Arriaga.
        p.   cm.
    I. Title.

PQ7298.1.R753B84   2006
863'.64—dc22   2006040702

ATRIA BOOKS es un sello editorial registrado de Simon & Schuster, Inc.

Impreso en los Estados Unidos de América

Para obtener información respecto a descuentos especiales en ventas al
por mayor, diríjase a *Simon & Schuster Special Sales* al 1-800-456-6798
o a la siguiente dirección electronica: business@simonandschuster.com

A Jaime Aljure, Julio Derbez
y Eusebio Ruvalcaba

no son las cosas importantes las que llevan a un hombre
   al manicomio.
está preparado para la muerte o para el asesinato,
   el incesto,
el robo, el incendio, la inundación.
no, es la serie continua de pequeñas tragedias lo que
   lleva a un
hombre al manicomio...
no es la muerte de su amor sino el cordón del zapato que
   se rompe
cuando tiene prisa

                                        Charles Bukowski

A mí los fulgores de sus ojos me revelaron de súbito
que los hombres no pertenecemos a una sola especie,
sino a muchas, y que de especie a especie hay,
dentro del género humano, distancias infranqueables,
mundos irreductibles a común término capaces de
producir, si desde uno de ellos se mira al fondo del que
se le opone, el vértigo de otro.

                                        Martín Luis Guzmán

Sé que la muerte es un toro gigantesco dispuesto a
   embestirme.

                                        Charles Bukowski

El búfalo de la noche

Decidí visitar a Gregorio un sábado por la tarde, tres semanas después de su última salida del hospital. No fue fácil resolverme a buscarlo. Lo cavilé durante meses. Le temía al reencuentro como quien teme a una emboscada. Esa tarde di varias vueltas por la calle sin atreverme a tocar su puerta. Cuando por fin lo hice, me hallaba nervioso, inquieto y —por qué no decirlo— algo acobardado. Me abrió su madre. Me saludó afectuosa y, sin mayor trámite, me hizo pasar a la sala, como si aguardara mi retorno desde hacía tiempo. Llamó a su hijo. Gregorio apareció por la escalera. Lentamente descendió los peldaños. Se detuvo y se recargó en el barandal. Escrutó mi rostro unos segundos, sonrió y caminó hacia mí para darme un abrazo. Su vehemencia me cohibió y no hallé el modo de corresponder a su afecto. Ignoraba si de verdad me había perdonado o, más bien, nos habíamos perdonado.

Su madre dijo algunas frases insustanciales y se retiró para dejarnos a solas. Como solíamos hacerlo, subimos al cuarto de Gregorio. Entramos y él emparejó la puerta desprovista de cerradura. Se recostó sobre la cama. Lo noté relajado, tranquilo. Nada en su semblante mi hizo suponer que fingía. Por fin parecía recobrar la paz.

Me senté en el lugar de costumbre —la silla de director que Gregorio colocaba frente a su escritorio— e inicié la conversación de la manera más obvia y estúpida:

—¿Cómo te sientes? —le pregunté.

Gregorio se enderezó y arqueó las cejas.

—¿Tú cómo me ves?

—Bien.

Gregorio se encogió de hombros.

—Pues entonces estoy bien.

HABLAMOS DURANTE HORAS, meras trivialidades. Ambos necesitábamos tantear de nuevo el terreno. Sobre todo yo que no deseaba bordear de nuevo el abismo. Por suerte, por respeto o quizás hasta por mera cortesía, no me preguntó por Tania, aunque estoy seguro que los dos pensamos en ella en cada uno de nuestros silencios.

Me despedí de él entrada la noche. Nos dimos un abrazo prolongado. Quedamos en vernos pronto, en ir a comer o al cine. Salí de la casa. Un viento frío arrastraba consigo un vago rumor de voces y de ruido de automóviles. Olía a basura quemada. Una luminaria titilaba, alumbrando intermitentemente la acera. Cerré los ojos. No podía alejarme de Gregorio. Su amistad me era indispensable, aun cuando me amenazara y me rompiera la madre. No, no podía dejarlo.

CUATRO DÍAS DESPUÉS sonó el teléfono. Contesté. En el auricular escuché una respiración muda. Pensé que se trataba de una broma o de alguna de las tontas muchachitas que deseaban hablar con mi hermano y apenadas no se atrevían a pedir por él.

Me disponía a colgar cuando advertí la débil voz de Margarita.

—Bueno… ¿Manuel? —musitó.

—Sí.

—Manuel… —repitió y guardó silencio.

—¿Qué pasó?

—Mi hermano… —susurró y volvió a callar. Escuché de nuevo su respiración tensa.

—Margarita, ¿qué pasó?

No dijo más y colgó.

MARGARITA INTENTÓ, PERO no logró, darme la noticia que posteriores llamadas telefónicas confirmaron: Gregorio se había disparado un tiro en la cabeza. Lo habían encontrado agonizante sobre un charco de sangre, con su mano izquierda aún aferrada al revólver.

De poco sirvieron las ventanas clausuradas con tablones y barrotes de hierro, la puerta sin cerradura, la paciencia, el amor, los calmantes, las sesiones de *electroshock,* los meses internado en sanatorios psiquiátricos, el dolor. El dolor.

Gregorio murió sobre el regazo de su madre, tendido en el asiento trasero del automóvil que su padre conducía enfebrecido rumbo al hospital. Se suicidó con la misma pistola que años antes le robamos a un policía que vigilaba la entrada de un minisúper. Era un oxidado revólver calibre treinta y ocho, de marca brasileña, cuya efectividad pusimos en duda hasta que decidimos probarlo contra un perro callejero. Al primer balazo cayó fulminado con el hocico hecho pedazos. Desde entonces hasta el día de su muerte, Gregorio supo ocultar el arma en distintos sitios, burlando los minuciosos registros practicados en los lugares que habitaba o frecuentaba. Gregorio envolvió la pistola en una bolsa de plástico —cargada con seis balas expansivas— y la enterró dentro de una maceta en la cual florecían geranios rojos. Al reconstruir su suicidio dedujimos que extrajo el revólver de su escondite mientras simulaba arreglar las plantas en el jardín, actividad que los médicos sugirieron para acelerar su recuperación. Gregorio tomó el arma, la guardó bajo su camisa y apresurado abandonó su tarea, dejando botados un rastrillo de mano, una pala y un costal con fertilizante orgánico.

Decidido, subió a su recámara. Empujó el escritorio contra la puerta y se metió al baño. Amartilló el revólver, se miró en el espejo, colocó la punta del cañón contra su ceja izquierda y jaló del gatillo. La bala cruzó en diagonal su cerebro, estallando a su paso arterias, neuronas, deseos, ternuras, odios, huesos. Gregorio se desplomó sobre las baldosas con dos boquetes en el cráneo. Estaba por cumplir veintitrés años.

JOAQUÍN, EL MENOR de sus hermanos, fue quien dispuso todo lo relativo al sepelio y atendió los requerimientos e interrogatorios del Ministerio Público. La madre, exhausta, se quedó dormida sobre el sofá de la sala, sin cambiarse siquiera la blusa manchada de sangre. El padre se recluyó en la habitación de su hijo en busca de indicios que le permitieran comprender lo sucedido. Margarita, abocada en un principio a dar aviso a familiares y amigos, se rindió ante la impotencia y huyó a casa de una de sus primas, en donde se arrellanó en una mecedora a mirar absorta la televisión y a beber Coca-Colas de dieta.

Yo acompañé a Joaquín a la agencia funeraria. Entre ambos escogimos el ataúd, el más barato y sencillo. La economía de su familia no daba para más, drenada por los incontables gastos derivados de la atención médica y psiquiátrica a Gregorio. El cadáver arribó al velatorio a las tres de la madrugada.

Por fortuna un tío lejano —abogado de cierto prestigio— gestionó el papeleo judicial para evitar que el cuerpo fuera sometido a autopsia y para facilitar su pronta liberación del depósito forense.

Un empleado de la funeraria nos solicitó ir a identificar el cuerpo. Me ofrecí hacerlo: ya bastante soportaba Joaquín como para encima ir a examinar el cadáver de su hermano.

El hombre me condujo por unas escaleras que bajaban a un sótano. A mitad del camino me detuve, arrepentido de mi ofrecimiento. ¿Cómo enfrentar de nuevo a Gregorio? Sobre todo: ¿cómo encararlo muerto? Mareado, me llevé una mano a la cabeza. Respiré con dificultad. ¿No bastaba una somera descripción para que supieran que se trataba de él? El hombre me tomó del brazo y me instó a que siguiéramos. Para animarme me dijo que bastaba un rápido vistazo para dar por concluido el procedimiento.

Entramos a un cuarto sin ventanas, iluminado por tubos de luz fluorescente. Gregorio, o lo que había sido Gregorio, yacía sobre una plancha de metal cubierto hasta el pecho por una sábana blanca. La muerte le había dado a su rostro una expresión ligera, grácil. No se advertían resabios de su gesto frío, desafiante. Un vendolete sobre su ceja izquierda cubría su orificio suicida. Un hematoma violáceo coloreaba su frente. Su cabello —untado de sangre— daba la impresión de estar peinado hacia atrás con gomina. La barba sin rasurar le confería un aire cansado, de cierto tedio. Lo contemplé unos minutos: muerto me pareció menos intimidante que vivo, mucho menos.

—Es él, ¿verdad? —inquirió el hombre con duda al verme ensimismado.

Miré por última vez el cadáver de Gregorio. ¿Cómo despedirme? ¿Decirle adiós así nada más o estrecharlo con fuerza y llorar a su lado? ¿Cómo explicarle que su muerte me dolía y me enfurecía y me humillaba? ¿Cómo expresarle todo esto a un cuerpo callado, estúpidamente callado?

—Sí, él es Gregorio Valdés —dije y di media vuelta para salir del lugar.

• • •

5

EL VELORIO FUE escasamente concurrido. Aun cuando la noticia se propagó con rapidez, pocos se atrevieron a presentar sus condolencias: siempre perturba el cadáver de un suicida.

La familia cercana a Gregorio deambuló extraviada por la capilla ardiente. La madre dormitaba su pena en rincones apartados. El padre divagaba a la mitad de las frases para dejarlas inconclusas y sumirse en exasperantes silencios. Margarita parloteaba incoherencias y Joaquín, abotagado por la fatiga, realizaba torpes esfuerzos por mantener la cordura.

Los padres toleraron todo: chismorreos, miradas indiscretas, duelos fingidos. Sin ser creyentes permitieron a un sacerdote oficiar misa (y cuyos servicios fueron cobrados con oportunidad por la funeraria bajo el pretexto de un donativo). Incluso aceptaron a un reportero de nota roja de un periódico de cuarta que se dedicó a fisgonear sin ningún recato.

A LAS CINCO de la tarde partió el cortejo fúnebre. Apenas cuatro automóviles siguieron la carroza hasta el panteón. Gracias a una dispensa conseguida por el tío abogado, Gregorio fue incinerado. Me estremeció observar el humo azul que surgía de la chimenea del horno crematorio. Todavía en el pequeño anfiteatro había sentido próximo a Gregorio: palpable, humano. Ahora las espirales de humo señalaban su definitiva muerte.

No esperé a que entregaran la urna con las cenizas. Llorando me escabullí por una puerta lateral del cementerio. Como carecía de dinero para pagar un taxi o una pesera decidí irme a pie a mi casa. Recorrí las calles sin reparar en los innumerables puestos de vendedores ambulantes, en los tumultos a la salida de las estaciones del Metro, en el tránsito, en el humo —a veces también azul— que despedían los automóviles.

Llegué a mi casa. Mis padres me aguardaban preocupados por mi tardanza. Habían ido fugazmente al velatorio. No soportaron ni cinco minutos el ambiente desesperanzado del lugar. Cenamos en silencio. Al terminar, mi madre me tomó de la mano y me besó en la frente. Pude notar que tenía los ojos hinchados.

Subí a mi recámara. Cogí el teléfono y le marqué a Tania. Su hermana me dijo que ya estaba dormida. Me preguntó de malas si quería que la despertara. Le respondí que no, que luego la llamaba.

Tania no había querido asistir ni al velorio ni a la cremación. Para ella, Gregorio no había terminado de morirse. Me lo había dicho por la mañana.

—Algo trama todavía —aseguró—, Gregorio no se va a ir así, sin más.

Se le oía ansiosa, agitada. Le reproché que le temiera de modo tan infantil.

—No te olvides que es el Rey Midas de la destrucción —sentenció.

—Era —corregí.

—Jamás dejará de serlo.

Aseveró que no era una coincidencia que Gregorio se hubiese suicidado a los pocos días de verme ni que eligiera precisamente el veintidós de febrero para volarse los sesos.

—Es su forma de cobrársela, ¿no lo ves? Nos está restregando su sangre el hijo de la chingada.

No logré calmarla, mucho menos convencerla de que me acompañara al velorio o al sepelio. Su actitud me pareció injusta y mezquina: ningún muerto merece que lo dejen solo.

INTENTÉ LEER UN rato pero no logré concentrarme. Apagué la luz y me acosté. Agotado me dormí pronto. A medianoche me desperté con la sensación de que una tijerilla brotaba de la boca inerte de Gregorio y saltaba sobre mí para incrustarse en uno de mis antebrazos. Brinqué de la cama y me froté el cuerpo con desesperación, hasta que poco a poco me tranquilicé. De nuevo soñé con una tijerilla. Docenas de veces había soñado con una tijerilla.

Sudando caminé hacia la ventana y la abrí. El viento me trajo la respiración de la noche: ulular de sirenas, ladridos, música a lo lejos. Me refresqué con el aire frío. Volví a la cama y me senté en el borde del colchón. Recordé el cadáver sobre la plancha de metal. Gregorio siempre deseó asesinar a un hombre, tocar los límites de la muerte. Ahora lo había logrado.

Encendí la lámpara lateral. De encima del buró tomé el marco con la fotografía de Tania. Vestida con uniforme escolar, Tania miraba sonriente a la cámara con el cabello cayéndole en capas sobre los hombros. Un «te amo Manuel» rubricaba una de las esquinas del retrato. Abajo venía su firma y una fecha borroneada: veintidós de febrero. ¿Por qué quererla tenía que dolerme tanto?

Coloqué la fotografía en su lugar y prendí el televisor con la esperanza de que la insulsa programación nocturna me adormeciera.

ME LEVANTÉ AL AMANECER estragado por el insomnio. Bajé a la cocina y me serví un vaso de leche. Nadie más se había despertado. Me puse a leer el periódico del día anterior y no hallé nada que me interesara. Aburrido dejé el diario sobre la mesa y bebí la leche con desgano. Eran las seis de la mañana y no encontraba qué hacer.

Para matar el tiempo decidí bañarme. Mientras me desvestía miré las baldosas. Eran de color y textura semejante a las del baño de Gregorio. Gregorio: de golpe lo vislumbré cayendo de espaldas con el cráneo reventado. Pude escuchar con claridad el chasquido de su cuerpo al rebotar contra el toallero, el borboteo de su sangre, su ronco jadeo de moribundo. Abrí la llave de la regadera y metí la cabeza bajo el chorro helado hasta terminar con dolor en la nuca. Saqué la cabeza abruptamente. Cientos de gotas frías se deslizaron sobre mi espalda. Tiritando me senté en el suelo. Jalé una toalla y me envolví con ella para darme calor, pero no cesé de temblar en un largo rato.

Salí del baño. Desnudo y con el cabello aún empapado me recosté sobre la cama. Cerré los ojos y me quedé dormido.

DESPERTÉ CUATRO HORAS más tarde, aterido: había olvidado cerrar la ventana y el viento circulaba por la habitación. Sin despabilarme del todo me incorporé para cerrarla. En la calle se escuchaba el bullicio de los niños jugando en una escuela cercana y el canto de una mujer que colgaba la ropa en una azotea contigua. Descubrí en el piso una nota que mi madre había deslizado por debajo de la puerta. Tania y Margarita me habían llamado por teléfono.

Intenté comunicarme primero con Tania, pero nadie contestó en su casa. Recordé que era jueves, y pensé que seguramente ella y su hermana debían estar en la universidad. Miré el reloj: las doce y media. En quince minutos más, Tania saldría de su clase de Diseño de Textiles e iría a jugar dominó con sus amigas y a tomar un café. Me encabronó que Tania siguiera con el curso normal de su vida, como si el balazo que desgarró la tarde del martes no fuese razón suficiente para detenerla en seco.

Marqué luego a casa de Gregorio (¿seguía siendo ésa su casa? ¿Cuál es la casa de un muerto?). Me contestó Margarita. Me explicó que sus padres no se encontraban, pero que su madre le había encargado invitarme a merendar.

—¿Para qué? —le pregunté.

—Pues, para platicar, creo yo —respondió desconcertada.

Me rehusé sin pensarlo.

—No puedo esta noche.

Ella insistió, pero seguí negándome. Se quedó callada unos segundos.

—¿Puedes venir ahorita? —inquirió nerviosa.

—¿Para?

Margarita suspiró hondo.

—Necesito verte —dijo en voz baja.

Su petición me pareció fuera de lugar. Margarita y yo habíamos sostenido una relación efímera, clandestina, meramente sexual, que pronto nos hastió a los dos. Quedamos en no volver a tocar el tema, y juramos no hacérselo saber a nadie.

—Tú no necesitas verme —le dije agresivo.

—No es para lo que tú crees —me reprochó con enojo—, es para una cosa completamente distinta.

—¿Ah sí?

—Eres un imbécil.

Margarita guardó silencio.

—Perdón —le dije.

Se mantuvo callada unos segundos más, chasqueó la lengua y comenzó a hablar con pausas.

—Hace como un mes… o tres semanas… no me acuerdo, Gregorio me pidió que le guardara una caja… una caja chica, de las que traen chocolates…

Se detuvo, tragó saliva y continuó.

—Me pidió que la guardara bien y ahora…

Se le quebró la voz, pero no lloró.

—No la encuentro, Manuel —prosiguió—, no encuentro la pinche caja.

—¿Dónde la dejaste? Acuérdate.

No, no podía acordarse. No recordaba incluso que ella había sido la primera en entrar al baño después del balazo, que encontró a su hermano mayor chorreando sangre junto al lavabo, que intentó contener las hemorragias taponando las heridas con pedazos de papel higiénico, que ayudó a cargar el cuerpo exánime hasta el carro y que se quedó parada a la mitad de la calle sin saber qué hacer. No, Margarita no lograba acordarse de nada.

—Ayúdame a buscarla —imploró—, por favor.

Quedé en verla en su casa a las siete de la noche, antes de que regresaran sus papás. Le prometí que juntos hallaríamos la caja, que no se preocupara. Suspiró un adiós y colgó. Deseé de nuevo besarla, acariciarla y hacerle el amor.

ME LEVANTÉ DE la cama. Me dolía la cabeza y la nuca. Me dirigí al clóset. Durante largo rato miré mi ropa, indeciso en qué ponerme. Me decidí por un pantalón de mezclilla, tenis y una camiseta negra. Hacía tiempo que no usaba camisetas. Tampoco playeras o camisas de manga corta. Quería evitar que los demás notaran las cicatrices que rayaban mi bíceps izquierdo. Eran unas marcas rojizas y desagradables que yo mismo me provoqué al tallarme el brazo con piedra pómez. Había intentado borrar el tatuaje que me había hecho junto con Gregorio una noche de abril en una vecindad cercana al Chopo.

Por iniciativa suya ambos nos tatuamos la silueta de un búfalo americano en el brazo izquierdo. Gregorio incluso pidió que nos tatuaran con las mismas agujas, para que la tinta nos marcara entremezclada con la sangre de los dos.

Al principio no le presté importancia al tatuaje, pero al cabo de unos meses la figura del búfalo se tornó en un símbolo cada vez más intolerable. Mirar mi bíceps izquierdo llegó a enfurecerme: había vuelto a caer en una de las trampas urdidas por Gregorio en su frenético juego de obsesiones.

El tatuaje suponía un pacto de lealtad ciega entre los dos. Pero yo, ¿de qué lealtad podía hablar si en esa época me acostaba a diario con Tania? ¿Qué lealtad podía profesarle a un tipo que se la pasaba recluido en hospitales psiquiátricos la mayor parte del año? ¿Cuál lealtad, carajo?

Sin embargo, Gregorio exigía esa lealtad minuto a minuto aun cuando la supiera ficticia. Y la exigía a través del engaño, el chantaje, la amenaza.

Gregorio me fue cercando lenta, sigilosamente. Poco a poco empezó a controlar cada uno de mis actos cotidianos. Su presencia —aun a distancia— avasallaba, acorralaba. Demasiado tarde me percaté de que el sentido del tatuaje era consolidar su asedio, acosarme en y desde mi cuerpo.

Por eso, después de tallarme con piedra pómez, raspé la carne viva con un cuchillo de cocina. Busqué sacar de mis tejidos hasta el último vestigio de tinta, sin importarme cuadricular mi bíceps con tajos profundos y desesperados.

Esa tarde terminé con el brazo hinchado y sangrante. Fue necesario trasladarme a una clínica, donde el médico de guardia cosió tres de las heridas. Una requirió ocho puntos de sutura.

Me inyectaron suero antitetánico y altas dosis de penicilina. Tardé en sanar y al desprenderse las costras quedó como un zarpazo con bordes lustrosos. Pese a desgarrar mi brazo no logré consumar mi propósito y aún ahora se traslucen bajo mi piel los difuminados trazos del búfalo azul.

En adelante procuré no mostrar mis cicatrices. No por vanidad, sino porque la gente tiene la fastidiosa manía de indagar el origen de las cicatrices, y yo ya había perdido el humor para andar explicando las mías.

Ese jueves me puse la camiseta negra, no para retar miradas curiosas sino para recordar que el pasado —por más que se pretenda— nunca se puede extirpar, que permanece como una antigua quemadura que nos escoce de vez en cuando y que más vale vivir con él que contra él.

BAJÉ A LA cocina y me encontré con Marta, la mujer que ayudaba a planchar la ropa. Me informó que mi madre había ido al mercado en el coche de mi hermano y que había dejado el suyo por si se me ofrecía algo. Partí con la intención de localizar a Tania en la universidad. No la había visto en tres días. A medio camino me percaté de que no llevaba nada con qué abrigarme, nada tampoco con qué ocultar mis cicatrices.

Llegué a las dos de la tarde. A esa hora la universidad se hallaba poco concurrida. Subí a buscar el salón de Tania: el B-112. Escudriñé por la ventanilla de la puerta y no la encontré. Con señas le pedí a una amiga suya que saliera del aula. Cuando le pregunté por Tania me respondió que no se había presentado a clases desde el día anterior.

Llamé a Tania a su casa desde un teléfono público pero de nuevo nadie contestó. Desconcertado erré por los vacíos pasillos de la universidad. Pensé en dónde podía hallarla. Cuando se deprimía o quería estar a solas le gustaba ir al zoológico a contemplar los jaguares. También acostumbraba ir al aeropuerto. Se sentaba en una mesa de la cafetería, junto a los ventanales orientados hacia las pistas, a mirar los interminables despegues y aterrizajes de los aviones. Jamás me explicó por qué recurría a ambos lugares cuando necesitaba recobrar la paz.

PRESENTÍ ENCONTRAR A Tania en el zoológico y marché hacia allá por Paseo de la Reforma. El tránsito a las tres de la tarde avanzaba despacio. Un leve accidente entre un taxista y una señora que conducía una minivan repleta de niñas agravó el congestionamiento. Habían bloqueado dos carriles. La mujer manoteaba casi rozando el rostro del taxista, quien se dedicaba a observarla con una sonrisita. Dentro de la camioneta las niñas, vestidas con uniforme café de escuela de monjas, atisbaban afligidas la escena. ¿Qué tanto podía deletrear Tania en las manchas de un jaguar?

Hice el recorrido en cincuenta minutos. Para colmo dejé el carro estacionado a veinte cuadras. Me dirigí al zoológico por una vereda que cruzaba el Bosque de Chapultepec. Sopló el viento arrastrando hojas secas y basura. Me arrepentí de no haber llevado un suéter o una chamarra con qué abrigarme.

Llegué a la entrada del zoológico. Grupos de escolares de secundaria salían formados en fila. Uno de ellos caminaba con las manos metidas dentro de las bolsas del pantalón, mirando al piso, sin participar de los empujones y bromas de sus compañeros. Me recordó a Gregorio a esa edad.

Me encaminé directamente al foso de los jaguares y no hallé a Tania.

Me quedé un rato a observarlos. El macho, enorme, dormitaba bajo un árbol, mientras que la hembra, más pequeña, se resguardaba del viento recostada entre las rocas. Durante varios minutos no se movieron, hasta que el macho se incorporó, se estiró levantando la cabeza y contoneándose avanzó perezoso hacia la hembra. La olfateó, le gruño con mansedumbre y se tumbó a su lado. No hubo más.

ABURRIDO Y DESALENTADO decidí irme. El viento comenzó a arreciar y algunas ráfagas formaban remolinos de polvo y paja. La gente se apresuraba a abandonar las instalaciones del zoológico. Un hombre tropezó conmigo y sin detenerse farfulló un «perdón». Crucé los brazos con la intención de protegerme del frío que cada vez calaba más.

Marchaba deprisa cuando de reojo avisté a mi derecha un animal que se desplazaba impetuoso dentro de su jaula. Me acerqué a mirarlo. Se trataba de un coyote grande, de pelaje espeso con tonos dorados y ocres. Iba y venía trazando círculos imaginarios. Su vivacidad, su nervio, contrastaban con la indolencia de los felinos.

El cielo se oscureció y empezaron a caer gruesos goterones. Los visitantes rezagados corrían a guarecerse de la inminente tormenta. De pronto un vendaval desquebrajó la rama de un árbol cercano. El crujido hizo que el coyote se detuviera. Volteó hacia el árbol como para comprobar el origen del percance. Luego giró la cabeza, cruzó su amarilla mirada con la mía y me observó con fijeza. Unos segundos después continuó con su trote circular. Me alejé poco a poco sin dejar de verlo, convencido de que detrás de aquellas rejas la vida palpitaba en su esencia más pura.

CUANDO SALÍ DEL ZOOLÓGICO llovía torrencialmente. Empapado abordé el coche, con los tenis y los calcetines cubiertos de lodo. Temblando y con las manos entumecidas me dirigí a casa de Margarita.

Llegué con media hora de retraso. La lluvia había amainado y ya sólo caía un chipi-chipi. Bajé del carro todavía escurriendo agua y toqué el timbre varias veces sin que Margarita respondiera. Arrojé unas piedras al cristal de su ventana al modo de cuando le avisaba de mi arribo en nuestras citas furtivas. Se encendió una luz y una sombra se proyectó en la ventana. Margarita se asomó y con una seña de su mano me pidió que la esperara.

Abrió la puerta. Se veía quebrantada.

—Perdón —me dijo al hacerme pasar—, pero no sé ni a qué horas me quedé dormida.

Me limpié la suela de los tenis en el tapete de la entrada y dejé un batidero. Margarita sonrió:

—No te preocupes —dijo.

Se acercó y me saludó con un beso. Al hacerlo sus labios se humedecieron con una gota de agua que resbaló por mi mejilla. Dio dos pasos hacia atrás y me examinó de arriba abajo.

—Estás ensopado, te vas a enfermar.

Sin decir palabra me dejó solo en el vestíbulo y subió las escaleras. Regresó con una toalla y una muda de ropa. Extendió los brazos para entregármelas, pero pensando que las prendas pudieran ser de Gregorio no me atreví a recibirlas.

—Son de Joaquín —aclaró al verme dudar.

Las cogí y me encaminé hacia el baño de visitas. Margarita me detuvo.

—Puedes cambiarte aquí —dijo—, mis papás quedaron en llegar a las ocho y media y Joaquín está con ellos.

Me quedé confundido, sin acertar qué hacer. En ese mismo sitio, sobre esa misma alfombra, habíamos hecho el amor. Copulamos reptando por entre los muebles, a oscuras, sin hablar, casi sin desear tocarnos. Lo hicimos una noche en que sus padres tuvieron que salir intempestivamente rumbo al hospital psiquiátrico por una llamada de emergencia: en uno de sus arranques Gregorio se había amputado dos dedos del pie derecho con un trozo de vidrio y se los había metido a la boca, amenazando con tragárselos y mutilarse otra parte del cuerpo si algún médico o enfermero osaba acercársele.

Margarita me miró a los ojos. Inició una frase con un «Manuel, yo...», que dejó inacabada. Sonrió con languidez y acarició la cicatriz sobre mi brazo.

—¿Te duele? —preguntó con candor.

—No, las cicatrices no duelen —mentí, porque esa cicatriz nunca dejaría de dolerme.

Volvió a sonreír, ahora con mucha más tristeza. Me pidió la toalla, me volteó de espaldas a ella y comenzó a secarme el pelo con movimientos tenues. Sentí su vaho sobre mi nuca.

—Hueles a enredadera —dijo.

—¿Qué?

—Sí, a enredadera —repitió—. Como la que tenemos en la pared del jardín, así huele después de que la regamos.

Sin más se precipitó a hablar de la enredadera, de los hilos plateados que dejan los caracoles al arrastrarse por las ramas, del ruido de las lagartijas al correr a ocultarse entre las hojas, del gato que por las tardes solía cruzar la barda, de los alcatraces que Joaquín rompió a pelotazos cuando niño.

Habló y habló de un mundo que parecía centrarse en el jardín. Un mundo sin dolor, sin ira, sin balazos a la mitad de la tarde. Me giré para tenerla de frente. La agarré de las muñecas y la jalé hacia mí. Margarita dejó caer la toalla. Sonrió apretando los labios.

—Estás helado, caray. A ver si no te da pulmonía —dijo.

La besé en los nudillos y la solté. Recogí la toalla del suelo y me dirigí hacia el baño de visitas. Ella estiró el brazo para tratar de retenerme pero pareció arrepentirse y lo retrajo maquinalmente.

• • •

ENTRÉ AL BAÑO y cerré la puerta con seguro. Siempre lo hacía: no soportaba la idea de que alguien pudiera vulnerar mi intimidad. Abrí la llave del agua caliente y dejé que el lavabo se llenara al tope. Luego metí las manos y las mantuve sumergidas hasta que se desentumecieron.

Sonó el teléfono. Margarita contestó después del octavo timbrazo. La escuché bajar la voz gradualmente. Agucé el oído, pero ella terminó hablando con susurros casi inaudibles y ya no le presté atención.

Me desnudé, humedecí la toalla con agua caliente y me friccioné el cuerpo hasta entrar en calor. Limpié el espejo empañado por el vapor y contemplé mi rostro. Tuve la impresión de que era un rostro ajeno al mío, por completo ajeno.

Hundí la cara en el agua del lavabo. Contuve la respiración lo más posible y luego solté el aire lentamente. El borbotar de las burbujas me relajó. Tuve el deseo de dormirme bajo el agua. Recargué mi frente en el fondo del lavabo y cerré los ojos. Mi cabeza se balanceó con suavidad en el tibio vaivén. Estuve así dos o tres minutos hasta que escuché unos golpes lejanos, metálicos, en la puerta. Quité el tapón y sin sacar la cabeza esperé a que el agua fluyera por el drenaje. El lavabo se vació y pude escuchar con claridad la voz de Margarita ofreciéndome café.

—No gracias —le respondí.

La oí alejarse rumbo a la cocina. Levanté la vista y volví a mirarme al espejo. Mi rostro siguió pareciéndome ajeno.

SALÍ DEL BAÑO y me encontré a Margarita sentada en un sofá de la sala (el mismo en el cual la madre durmió durante horas después del suicidio de su hijo). La estancia se hallaba en penumbras, sólo iluminada por la luz proveniente del cubo de las escaleras.

—Te preparé un té de limón —dijo y señaló una taza humeante sobre el cristal de la mesa de centro. Tomé el té y comencé a beberlo con pequeños sorbos. Estaba un poco dulce. Me senté junto a Margarita. Me cogió de la mano y la apretó con fuerza.

—Siento que me estoy cayendo y que si no me agarro de algo me voy a estrellar —dijo.

Me soltó de la mano y se quedó mirando la chimenea. Su brazo quedó apenas rozando el mío. Pude sentir su piel cálida, la imperceptible caricia de sus vellos. ¿Habría valido la pena tratar de quererla en algún momento? Porque a pesar de haberla penetrado docenas de veces, de haberla lamido entera, de besarla sin respiro, nunca me fue más cercana como en ese roce de brazos.

De pronto Margarita se puso de pie.

—Tu ropa ¿dónde la dejaste? —preguntó ansiosa.

—En el baño.

—Ahora vengo, voy a meterla en la secadora.

Partió diligente, como si secar la ropa fuera una tarea impostergable. La alcancé en el cuarto de lavado y la hallé cruzada de piernas en el piso, contemplando absorta las prendas girar dentro de la secadora. Me pidió que apagara la luz.

—¿Qué te pasa? —le pregunté.

—Nada.

En la oscuridad resonaba aún más el zumbido de la máquina. Por alguna ventila mal cerrada se infiltraba una corriente de aire que hacía ondear una sábana colgada en un extremo de la habitación. Destellos de un farol se reflejaban en una pileta llena de agua. Un objeto —probablemente el broche del cierre del pantalón— comenzó a golpear contra el cristal de la secadora provocando un tableteo monótono, irritante. Margarita se levantó, rotó una perilla y paró la máquina. Sacó las prendas, hizo un envoltorio con ellas y de nuevo accionó la secadora.

—En cinco minutos va a estar lista —dijo y se quedó cavilando unos instantes. Me miró y respiró hondo.

—Nunca te lo dije —murmuró—, pero durante mes y medio no me bajó la regla. Estaba segura de estar embarazada.

—¿De quién? —pregunté torpemente. Ella me miró con dureza.

—De quién va a ser ¡chingados!

Clavó su barbilla en el pecho, se mordió los labios y continuó sin levantar la vista del piso.

—No sabía qué hacer, tenía miedo de comprar una de esas pruebas que te venden para saber si estás embarazada. Suspiró y guardó silencio. Alzó el rostro, se mesó el cabello y prosiguió.

—Estaba asustada, no tenía ni idea de lo que iba a pasar, de quién me podía ayudar. Y no sabía cómo decírtelo ¿sabes? porque te tenía pavor, Manuel… ¿lo puedes creer?

Volvió a callar. Pensativa, recorrió con la mirada el cuarto y sonrió con una sonrisa cada vez más triste.

—En esa época me venía a refugiar precisamente aquí y con cualquier pretexto echaba a andar la secadora o la lavadora y las escuchaba: fuash, fuash y vas a pensar que estoy medio loca pero al oírlas no me sentía tan sola… y metida en este cuarto, horas y horas, me ponía las manos sobre la panza tratando de adivinar si algo se movía dentro de mí.

Musitó de nuevo «dentro de mí» y enmudeció. Su mirada se perdió en el vacío, en el recuerdo de un ser que jamás habitó su vientre. La secadora se detuvo y Margarita me pidió que encendiera la luz. Abrió la tapa y tentó la ropa varias veces.

—Ya está —aseguró.

Tomó el envoltorio y lo colocó junto a su mejilla.

—Quedó calientita, mira —dijo y puso las prendas sobre mi cara—. ¿Sientes?

Los ojos de Margarita se avivaron. Me acerqué a ella y le besé suavemente los labios. Ella reaccionó dándome un ligero tope en el pecho. Sonrió, esta vez sin tristeza.

—Aprovecha para cambiarte ahorita que la ropa todavía está tibia —dijo, me apretó el brazo y salió.

Mientras la veía marcharse caí en cuenta de que nunca la había visto llorar.

BUSCAMOS LA CAJA DE GREGORIO en la cocina, la sala y el estudio, sin encontrarla. Incluso revisamos los anaqueles de la alacena, el clóset de visitas, las gavetas del escritorio de su padre, el botiquín del baño y la covacha bajo la escalera. Nada.

Margarita propuso que registráramos la planta alta. Subimos y al pasar frente a la habitación de Gregorio sentí vértigo. Apenas dos días antes, Gregorio había cruzado la puerta goteando sangre, salpicando la duela del pasillo, los escalones, el vestíbulo, la calle, los asientos del automóvil, el vestido de su madre, las manos de su padre.

No resistí la posibilidad de toparme con una sola gota de su sangre (¿quién las habría limpiado? ¿Quién las habría fregado con agua y jabón?). Quise irme, huir lo antes posible de esa casa embadurnada con sangre, de esos padres que querían cenar conmigo y que habían sido incapaces de evitar el balazo que destrozó el cráneo de su hijo, de esa Margarita que me observaba con su sonrisa melancólica y a la cual no sabía si algún día podía llegar a amar. Deseaba huir de Gregorio y su sangre.

«¿Qué te pasa?», pensé que me preguntaría Margarita al verme recargado sobre la pared o que haría algún comentario mordaz sobre mi palidez. Se limitó a tomarme de la mano y a jalarme hacia la alcoba de sus padres.

—Creo que ya sé dónde puede estar la caja —murmuró.

Entramos y se dirigió con decisión al vestidor. Escudriñó en las repisas, abrió varios cajones y negó con la cabeza.

—Tampoco está aquí, ¡carajo!

Comenzó a agobiarse. Fuimos a su recámara. Se metió al clóset y lo revolvió por completo, desacomodando blusas, zapatos, faldas.

Sacó los cajones y los volteó uno por uno. Quedó en el piso un reguero de cuadernos, cosméticos y ropa interior. Luego se agachó para tantear debajo de la cama.

—Olvídala ya —le dije.

Se volvió a mirarme indignada.

—No puedo, no puedo, ¿no entiendes? —reprochó alterada.

Continuó botando ropa. Le pregunté si sabía cuál era el contenido de la caja.

—No —respondió.

LA DESCUBRIMOS POR casualidad cuando en su impetuoso cateo, Margarita rompió un frasco de perfume que se derramó sobre unos libros apilados junto al tocador. En medio de ellos se encontraba la caja, colocada de tal manera que parecía un volumen de enciclopedia. Margarita se arrodilló y la tomó por los bordes. La inspeccionó y con un suéter limpió la salpicadura de perfume. El cuarto se impregnó de un picante aroma a rosas.

—Nunca la hubiera hallado ahí —dijo con una media sonrisa.

Me pasó la caja. Al cogerla una pequeña astilla del cristal se clavó en mi pulgar izquierdo. La extraje empujándola con la uña del dedo índice de la misma mano. La astilla saltó y una gota de sangre cayó sobre la tapa de la caja. Se expandió sobre el cartón, como una cereza más de las que ilustraban la cubierta. Una cuarta cereza, más roja, más real.

Margarita se puso de pie y abrió la ventana para orear la habitación. El viento entró agitando la cortina. Afuera llovía.

—¿No te fastidia el olor?

Asentí. Ella recogió los libros con cuidado para no cortarse y los dispuso a lo largo del quicio de la ventana.

—Se van a mojar —advertí.

Margarita puso la mano sobre ellos y la sostuvo en esa posición unos segundos.

—No creo, la lluvia está cayendo para el otro lado.

Se volvió, escrutó el piso y levantó un pañuelo bordado. Caminó hacia el tocador y se agachó a recoger los pedazos del frasco. Alzó los fragmentos más grandes y los depositó sobre la tela. Cuando traté de ayudarla me hizo a un lado.

—Deja, te puedes encajar otro vidrio.

—Tú también.

—Sí pero yo lo rompí.

Me hice a un lado. Margarita se incorporó, sacudió el pañuelo sobre el cesto de basura y lo arrojó de nuevo al piso.

—Mañana aspiro el resto —dijo.

Caminó hacia la puerta y apagó la luz.

—Vámonos de aquí que el olor me está mareando.

La alcancé y la detuve por el hombro. Se volvió a mirarme. El pasillo estaba en penumbras.

—¿Qué hubieras hecho si de verdad hubieras estado embarazada?

—No sé, no sé…

Irguió el rostro, y se me quedó mirando con fijeza.

—¿Y tú? —inquirió.

—Prendería la lavadora y la secadora y la estufa y el horno de microondas y el tostador y el televisor...

Sonrió y me acarició la mejilla.

—No te rasuraste hoy, ¿verdad?

Tomé su mano y la besé.

—Me gustas cuando raspas —dijo con dulzura.

Retiró su mano y suspiró. Lentamente desvió la mirada.

—Hubiera abortado —musitó pensativa. Dio media vuelta y desapareció por el oscuro hueco de las escaleras.

NOS SENTAMOS EN la sala. En mis manos la caja parecía un objeto más grande y pesado de lo que en realidad era, una de esas cosas de las cuales buscamos deshacernos lo antes posible. Margarita me pidió que la abriera. Ella temía hacerlo. En una ocasión Gregorio le encargó que le cuidara una caja similar. Margarita la guardó en su clóset y a los pocos días comenzo a apestar. Al destaparla halló jirones podridos del intestino de un animal y una docena de tijerillas que corrían a ocultarse entre las tripas.

Las vísceras resultaron ser de un gato de los vecinos que Gregorio machacó a pedradas y medio sepultó bajo unos arbustos del jardín. De las tijerillas Gregorio aseguró que habían surgido de su boca mientras dormía, que eran sangre de su sangre y carne de su carne, y que no había encontrado mejor modo de conservarlas vivas.

Con una navaja corté las tiras de cinta adhesiva que sellaban la caja. Margarita se retiró, desconfiada. La abrí con cierto resquemor. No hubo sorpresas: acomodados en cuatro paquetes y amarrados con listones de colores venían varios papeles: cartas, notas, servilletas con apuntes, recetas médicas. En un sobre adjunto venían unas fotografías. Llamé a Margarita, quien se había refugiado en la cocina. Se acercó con recelo.

—¿Qué hay?

Saqué uno de los paquetes y se lo mostré.

—Esto: cartas, fotos.

—No quiero verlas.

Por más que insistí se negó a mirarlas. Me pidió que las llevara a mi casa y ahí las revisara.

—Si no traen nada malo —dijo— me las, devuelves; si no quema todo.

QUEDÉ EN LLEVAR la caja a mi automóvil para que no la descubrieran sus padres. Margarita supuso que algo debía contener que podía lastimarlos. Al parecer ninguno de los actos de Gregorio —en vida o muerte— resultaba inofensivo.

Salí a la calle protegido por un paraguas. La lluvia caía densa, tupida. Por el arroyo corría un caudal de agua y grandes charcos anegaban la calle. Fue necesario que Margarita me facilitara dos bolsas de plástico para amarrármelas sobre los tenis y no emparme los pies.

Salté el arroyo, trastabillé y al intentar recuperar el equilibrio la caja resbaló de mis manos y cayó sobre el asfalto mojado. La levanté con rapidez y la sequé restregándola contra mi pantalón. La sujeté con fuerza y esquivando varios charcos llegué hasta mi automóvil estacionado en la acera contraria. Saqué las llaves y atropelladamente abrí la portezuela. Aventé la caja sobre el asiento trasero. Como pude metí el paraguas y cerré la puerta.

Me arrellané en el asiento del conductor. El techo del automóvil retumbaba con el golpeteo de la lluvia, y chorros de agua fluían sobre el parabrisas. Limpié la ventanilla empañada y contemplé la casa de Gregorio. Escurría agua por todos lados. Agua y más agua. Entre el torrente descubrí la borrosa figura de Margarita asomándose por la puerta. Vi que trataba de decirme algo con señas. Bajé el cristal para tratar de verla mejor pero la lluvia hizo que volviera a subirlo.

Encendí la luz interior y abrí la caja. Se había empapado el fondo, pero no se había humedecido ninguno de los papeles. Miré los cuatro paquetes ceñidos por los listones de colores. Gregorio no se lo había entregado inocentemente a Margarita. Había una intención, un mensaje. Me pregunté si valía la pena seguir el juego hasta el final. Estuve tentado a romper cada papel, cada fotografía y arrojarlos a la corriente que desembocaba a la alcantarilla. Podía ser el momento de terminar con Gregorio, de dejarlo morir de verdad.

Acomodé los paquetes en su sitio, cerré la caja y apagué la luz interior. Empuñé el paraguas, bajé del auto y atravesé la calle corriendo. Margarita me abrió la puerta y entré bajo una cortina de agua. De nuevo me empapé y tuve frío.

Le pregunté a Margarita qué había querido decirme con señas.

—Nada —respondió.

LOS PADRES DE MARGARITA llegaron casi a las diez de la noche pretextando el terrible tránsito provocado por la lluvia. Habían ido a visitar unos familiares y a saldar la cuenta de la funeraria con dinero prestado. Joaquín saludó y subió a su recámara para ya no bajar. Aun así la madre puso seis cubiertos en la mesa. Incluyó uno en la cabecera derecha, el lugar que siempre ocupaba Gregorio.

No había cena preparada. La madre se disculpó conmigo y vació dos pollos rostizados sobre unos platones y una bolsa de papas fritas a medio abrir. Los pollos estaban fríos y las papas reblandecidas e insípidas.

Nos sentamos a la mesa, solemnes y silenciosos. El padre dijo que le daba gusto tenerme con ellos, que me consideraba parte de la familia y que era bueno tenerme a su lado en ese momento.

Comimos sin hablar. Me serví un muslo que dejé a la mitad. En su descuido la madre olvidó ofrecerme algo de tomar. Pese a la sed, no me atreví a importunarla. Reconcentrada, la mujer movía en círculos el tenedor sin llevarse el trozo de carne a la boca.

Al final de la cena el padre descorchó una botella de vino tinto chileno. Lo escanció en vasos para agua, hizo un gesto inacabado de brindis y bebió con los ojos cerrados. Nadie bebió con él.

Margarita trajo café. A pesar de no gustarme decidí tomar uno. Deseaba entrar en calor y despabilarme un poco. El café resultó lo mejor de la cena.

Casi a medianoche sonó el teléfono. Sobresaltada, la madre se levantó a contestar a la cocina. Regresó con expresión atribulada.

—Es la mamá de Tania, dice que su hija salió a las siete de la mañana rumbo a la escuela y que no han tenido noticia de ella desde entonces. Pregunta si alguno sabe dónde está.

Todos negamos. Se hizo un silencio aún más hondo e incómodo. Tania había sido la única mujer que Gregorio había amado. Tania era ahora la mujer que yo amaba.

Margarita hizo una broma simple que ayudó a romper la tensión. El padre la festejó con aspavientos y aprovechó para servirse un quinto vaso de vino. Luego volvió a callar y a beber con los ojos cerrados.

Quedé inquieto por la llamada telefónica. Hacía dos años Tania había desaparecido durante una semana. Se dio aviso a la policía al segundo día. En primera instancia se pensó en un secuestro, después en una muerte accidental e incluso asesinato. Aún evoco las tardes de zozobra recorriendo morgues, hospitales y separos judiciales.

Tania regresó sin más, sucia y demacrada. No dijo palabra

sobre su extravío ni a mí ni a sus padres. Todo quedó en un enigma que ella se negó a develar. Algo de culpa sintió porque en adelante procuró avisar sobre los lugares a los que iba, quién la acompañaba y los medios para localizarla. Sólo en sus eventuales depresiones se dirigía al zoológico o al aeropuerto, donde apenas se quedaba tres o cuatro horas.

Intranquilo pedí prestado el teléfono. Entré a la cocina y marqué a mi casa. Contestó mi hermano Luis, adormilado.

—¿Qué pasó? —preguntó molesto.

—¿No me habló nadie?

—No sé ¿para qué chingados quieres saberlo a esta hora?

—Me urge.

—Mañana te digo.

—Por favor.

—Espérate —masculló con enojo.

Dejó caer la bocina en el piso y luego escuché sus pasos alejándose. Margarita entró a la cocina y se paró al lado mío. Tomó mi mano y la apretó. Se la solté cuando oí a su madre aproximarse.

Después de unos minutos, Luis tomó de nuevo el auricular.

—Dice mi mamá que Tania te habló a las cinco de la tarde.

—¿Y qué más?

—Nada más.

—¿No te dijo dónde estaba?

Luis profirió un «no» rotundo y colgó. Tuve una punzada en la sien, un mal presentimiento.

Salí de la cocina presto a irme. Me despedí y agradecí la cena. La madre se acercó a mí y me estrechó con un abrazo desmadejado, como de ebria. Recargó su cabeza en mi pecho y varias veces repitió: «Gracias por venir, gracias por venir.» Bajo la tela de su vestido palpé su cuerpo flaco, de huesos salientes, un cuerpo en vías de resecarse.

La mujer se separó de mí y me besó la mejilla.

—Vete con cuidado, hijo —murmuró y volvió a darme un beso—. Y ojalá Tania esté bien.

El padre se despidió con un apretón de manos. Cuando notó que no llevaba con qué cubrirme fue a su estudio por una chamarra. Era una chamarra fina, de buen corte, rellena con pluma de ganso. Justa la que necesitaba. Por formulismo traté, sin mucho ahínco, de rechazársela, pero él insistió y me la colocó sobre la espalda. Me comprometí a devolvérsela lo antes posible.

MARGARITA ME ACOMPAÑÓ al coche. Había terminado de llover. Se escuchaba el leve murmullo del agua escurriendo hacia las coladeras. Los muros de las casas se desdibujaban por la bruma. Abrí la puerta del automóvil; Margarita, detrás de mí, permanecía callada. Me volví para despedirme. «Nos vemos», le dije y la besé apenas en los labios. Giré para subirme al carro y ella me cogió del brazo.

—¿Qué pasó? —le pregunté.

Me contempló sin responder y chasqueó la lengua. La noté preocupada. En un gesto más fraternal que amoroso la sujeté por los hombros y la atraje hacia mí.

—Dime qué te pasa.

Sin dejar de mirarme se llevó la mano a la frente y se quitó un mechón de pelo que le caía sobre el rostro.

—Hace rato, mientras te cambiabas en el baño, sonó el teléfono —dijo, hizo una larga pausa, miró un gato gris que cruzaba la calle y volvió los ojos hacia mí. Era Tania.

Me separé de ella y la hice a un lado.

—¿Por qué no me dijiste?

Ella miró de nuevo al gato, que ahora se había agazapado bajo un árbol. Le chistó para asustarlo. El gato salió de su escondite y nos examinó con atención. Trotó unos pasos y de dos saltos trepó una barda y desapareció.

—¿Por qué no me lo dijiste? —reiteré.

Margarita, aún con la vista fija por donde había desaparecido el gato, se encogió de hombros.

—No sé.

Su actitud comenzó a irritarme. Me planté frente a ella. Cambió de postura y se puso a observar el agua que corría hacia las alcantarillas.

—¿A qué juegas? —le increpé.

—A nada —respondió molesta.

Me era difícil entender sus evasivas. No lo hacía por celos, de eso estaba seguro. Si alguien me había ayudado a encubrir y sacar avante mi relación con Tania había sido ella.

—¿Entonces? —inquirí.

Se quedó pensativa, sin contestar. Cansado de su sigilo, me dejé caer sobre el asiento y encendí el motor sin cerrar la portezuela.

—De veras no sé a qué juegas.

Margarita se agachó hasta poner su rostro a la altura del mío.

—Yo no soy la que juega Manuel, es Tania.

Apagué la marcha.

—¿A qué te refieres?

—Ella fue la que me pidió que no te dijera nada.

—¿Por?

—Lo único que te puedo decir es que está bien, así que vete tranquilo.

Al terminar se dio media vuelta y se encaminó hacia su casa. Bajé rápidamente del coche y la alcancé.

—Margarita, ¿qué te pasa?

Algo parecía perturbarle. Levantó las manos como tratando de explicarse mejor y se quedó sin pronunciar palabra.

—Nada, no me pasa nada —musitó.

—¿Por qué estás así?

Empezaba a ventear. Margarita se cubrió con los brazos para protegerse del frío.

—El aire está helado —murmuró.

Enderezó la cabeza para determinar la dirección del viento y el cabello se le vino sobre la cara. Se lo apartó con un gesto ríspido.

—¿Te puedo hacer una pregunta? —dijo de pronto.

Asentí.

—¿Le comentaste algo a Tania sobre nosotros?

La pregunta me sorprendió. El pacto había sido claro: jamás revelar nuestra relación.

—No, y mucho menos a ella. ¿Por qué?

—Por nada —contestó, cuando todo indicaba que iba a enunciar una frase distinta.

Respiró hondo y al exhalar su vaho formó una pequeña nube.

—Mejor me voy —dijo contrariada—, que me estoy helando.

Me dio un beso y precipitadamente se apartó.

Regresé al coche, lo encendí y dejé que se calentara un rato. Me sentía confundido y agotado. A punto de irme, Margarita tocó en la ventanilla.

—¿Qué pasó? —le pregunté mientras bajaba el vidrio.

Margarita puso las dos manos sobre la puerta, se inclinó y me encaró.

—Tania me dijo que iba a estar en el 803 —dijo en voz baja.

Nos miramos uno al otro unos instantes. Margarita retiró las manos bruscamente de la portezuela y se marchó decidida sin voltear la vista atrás.

. . .

TRATÉ DE MANEJAR sin que me venciera el sueño. Pasaba de la una de la madrugada y había dormido mal dos noches seguidas. Ansiaba cerrar los ojos y no abrirlos hasta que transcurrieran dos semanas, un mes, un año. Ansiaba olvidar quién era y qué hacia conduciendo un automóvil por las calles de una ciudad desbordada por la lluvia, en busca de la mujer que amaba.

Con certeza Margarita no sabía lo que significaba 803. No era una clave, sino el número concreto de un lugar concreto: una habitación en un motel de paso. El 803 era nuestro sitio, y al hablar de nuestro no sólo incluyo a Tania, sino también —aunque me duela— a Gregorio Valdés.

Entré al motel y me estacioné frente a la recepción. Sólo las cortinas de dos cocheras estaban cerradas. No había ningún auto en la cochera del 803.

Los cuartos tenían dos puertas, una que daba hacia la cochera y otra hacia el patio. Toqué repetidas veces la del patio pero nadie abrió. Un empleado, un muchacho alto y fornido, de cabello ensortijado, a quien no conocía, me preguntó qué deseaba.

—Entrar —le respondí.

—Está ocupado —dijo en tono neutro.

—Ya lo sé.

Otro hombre, moreno y chaparro, a quien tampoco conocía, se unió al primero.

—No se puede molestar a los clientes, joven —dijo con enfado.

—No quiero molestar a nadie, sólo quiero entrar.

—No se va a poder.

—¿Por qué mejor no me presta la llave?

Al moreno mis palabras le sonaron a provocación y, tronándose los dedos, ordenó:

—Te me largas, pero ya, hijo de la chingada.

Se abrió la chamarra y en su cintura refulgió la cacha de un revólver. En otra ocasión ésa hubiera sido la excusa perfecta para abalanzármele a golpes, pero lo menos que buscaba era envolverme en problemas. Estaba demasiado cansado.

—¿A qué horas salió Pancho de trabajar? —inquirí.

Mi pregunta desconcertó a ambos.

—¿Lo conoce? —interrogó el muchacho.

—Sí y también al señor Camariña.

Al oír el nombre del dueño del motel, el hombre de la pistola cejó en su actitud desafiante y abrochó de nuevo su chamarra.

—Soy el que paga el cuarto —aclaré, aunque quien realmente lo pagaba era Tania.

Ambos se disculparon aduciendo ser nuevos en el trabajo. Les pregunté por Tania y explicaron que había salido hacía hora y media.

—La muchacha se fue sin decirnos nada —aseveró el moreno.

La cortina de una de las cocheras se entreabrió. Apareció un hombre delgado, con aspecto de burócrata. Nos miró receloso y se subió a un desvencijado Dodge Dart. La mujer que lo acompañaba se agachó sobre el asiento para que no la distinguiéramos. El auto avanzó y de inmediato los empleados desviaron la mirada, mientras yo vi pasar a la pareja frente a nosotros, olvidando que la regla básica en todo motel de paso es nunca mirar de frente a los demás.

EL MUCHACHO TRAJO la llave, giró el pestillo y empujó la puerta.

—Si se le ofrece otra cosa, jefe, nos avisa —dijo ojeándome.

Entré y prendí la luz. Ahí estaba el cuarto de siempre, la cama, el buró, la lámpara, el espejo, el cuadro, el tocador de siempre.

Tania había estado en la habitación. La colcha estaba arrugada y una de las almohadas se encontraba sobre otra. Un libro —*Músico de cortesanas,* de Eusebio Ruvalcaba— permanecía abierto encima del buró.

Me senté sobre la cama. En la colcha se advertía tenuemente el contorno de su cuerpo. Palpé con los dedos en busca de su calor, pero la tela ya se había enfriado. Aspiré entre las almohadas y apenas percibí su olor. Tomé el libro. En la página en que estaba abierto Tania había resaltado con marcador azul una frase: «Antes que seres humanos, somos animales», y al margen había acotado con su caligrafía desigual: «Y mucho antes somos demonios».

SALÍ DEL CUARTO y fui a la recepción. El motel se hallaba vacío. Yo era el único cliente y a pesar de ello el anuncio en luz neón del Motel Villalba seguía rutilando sobre los dormitorios. Se podía escuchar con claridad el zumbido eléctrico, como una cigarra nocturna.

El muchacho de cabello chino cabeceaba apoltronado sobre un sillón. Al oírme entrar, abrió los ojos, me abarcó con una mirada atolondrada y de un brinco se puso de pie.

—Perdón, jefe, pero me ganó el sueño —dijo.

Le solicité el teléfono. Deseaba saber si Tania ya había llegado a su casa. Llamé y la madre contestó alarmada. Supuse que Tania aún seguía fuera y colgué. Le pregunté al muchacho si había alguna pizzería cercana que brindara servicio a domicilio. Me contestó que varias, pero que todas cerraban a las once de la noche. En un rincón descubrí una reja de Coca-Colas familiar. Le pedí que me vendiera una.

—No —respondió—, a usted no; es cliente.

Destapó una y recogió la corcholata que cayó al piso.

—A veces traen premio —explicó mientras la inspeccionaba.
Me entregó el refresco y se negó a aceptarme una propina.

ME DIRIGÍ AL coche a recoger la caja de Gregorio. Podía examinarla en lo que Tania volvía, si es que volvía. Puse la botella de Coca-Cola en el techo del Topaz y busqué las llaves en el bolsillo de mi pantalón. Mientras lo hacía observé la caja iluminada por el azul del neón y claramente la vi moverse unos centímetros. Ofuscado, me aparté del carro. Tragué saliva. Con aprensión me acerqué y me asomé por la ventanilla. La caja seguía en el mismo sitio y me reí como tonto recargado en el cofre.

Desistí de revisar la caja y, todavía algo asustado, regresé al cuarto. En el camino me topé con el moreno, quien rondaba por el estacionamiento. Le pedí que me mostrara el revólver. Se lo quitó del cinto y antes de dármelo extrajo las seis balas.

—Perdón güero —dijo simulándose precavido—, pero uno nunca sabe.

Me entregó el arma. Era una bonita pistola, una Smith & Wesson calibre veintidós, recién pavonada. Ofrecí comprársela.

—No, cómo cree, me regaña el patrón.

—Le doy mil, ¿qué le parece? Le prometo traérselos mañana.

La oferta le sonó tentadora.

—¿Y qué le digo al patrón?

—Que se la robaron en la pesera.

—No, si todos los días me la pide en cuanto llega y la guarda bajo llave.

—Pues piénselo, amigo.

—Sale.

Se retiró a continuar con su rondín y yo a pensar cómo bajarle la pistola.

LLEGUÉ AL CUARTO y me quité la chamarra. Bebí el refresco y dejé el casco vacío sobre la alfombra. Me observé en el espejo. Una delgada vena palpitaba sobre mi sien derecha. Las ojeras se pronunciaban alrededor de mis párpados; el cabello en remolino, desordenado; la barba crecida; y la sombra del búfalo azul dentro de mí, amenazándome de nuevo.

Me recosté sobre la cama. En esa misma cama —la tarde de un veintidós de febrero— Tania y yo hicimos el amor por primera vez. Lo hicimos toscamente, aturdidos por la culpa y la inexperiencia. Ella era virgen y yo, sin tomar en cuenta dos fugaces acostones, podría decirse que también.

Nos enmarañamos al desvestirnos. Su cabello se enganchó a la hebilla de mi cinturón, su blusa se rasgó y dos botones de mi camisa se descosieron. Queríamos ir rápido y despacio al mismo tiempo. Ignorábamos cómo colocarnos y nos encimábamos uno sobre el otro, como tortugas apareándose.

Ensayamos diversas posiciones. En todas Tania se quejaba. «Me lastimas», repetía. Después de varios intentos logré penetrarla. Ella gimió con suavidad y me miró distinto a como siempre me había mirado.

—Estás dentro —murmuró—, muy dentro —y me besó en la boca. Al terminar nos abrazamos largo rato sin movernos. Sentí su piel húmeda bajo las sábanas, sus senos aplastándose contra mi pecho, su cabello rozando mi cara. Me sorprendía estar con ella así: en su desnudez total. Nunca había estado al lado de una mujer por completo desnuda. Mis dos experiencias sexuales habían sido con muchachitas alcoholizadas, a medio vestir, en coitos confusos que no duraron ni tres minutos. El primero sobre la batea de una *pickup,* a la vista de mis amigos, quienes se regodearon espiando desde una ventana; el segundo, en el pasillo de una casona derruida y abandonada, contigua al salón de fiestas donde se llevaba a cabo la graduación de mi prima, Pilar.

Tania y yo nos acariciamos hasta quedarnos dormidos. En medio del sopor de la siesta me despabilaba de vez en cuando para contemplarla y volvía a dormirme abrazado a su torso desnudo.

Nos despertamos al cabo de una hora.

—Roncas —le dije.

Ella se limitó a chasquear la lengua.

—Quedito —agregué—, roncas quedito… me arrullaste.

Con los ojos entrecerrados sonrió y me besó en la frente. Aún aletargada se incorporó y se sentó en el borde de la cama. Tomó su bolsa y la esculcó hasta encontrar un tubo de Salvavidas. Desenvolvió dos caramelos, uno verde y uno rojo, los escondió en sus manos y cerró los puños.

—¿Cuál pides? —preguntó.

Elegí la mano derecha y ella me mostró el caramelo rojo.

—Te tocó el de cereza —lo depositó en mi lengua y al hacerlo lamí la yema de sus dedos. Ella se llevó el dulce verde a la boca y lo paladeó, para luego besarme.

Entre saliva y saliva intercambiamos los caramelos. Ella se separó, paladeó de nuevo e irguió el rostro, como si catara un vino.

—Me equivoqué —dijo sonriente—, más bien creo que te tocó el de limón.

Se volvió para darme la espalda. Cerró la bolsa y la colocó sobre el buró. Los finos vellos en sus hombros brillaron dorados con la luz de la tarde. Estiré la mano y le acaricié la nuca. Giró la cabeza y apresó mis dedos con el cuello.

—¿Qué vamos a hacer? —inquirió.

Me senté detrás de ella y la enlacé por la cintura. Proveniente de un radio cercano se escuchaba una melodía de moda.

—No sé —respondí.

—Cómo me gustaría que nunca se acabara esta tarde —musitó melancólica.

Al día siguiente volveríamos a lo de siempre: ella, a ser la novia de Gregorio; yo, su mejor amigo.

Tania se puso de pie y sin pudor caminó desnuda al centro de la habitación. Se paró y se cruzó de brazos, adoptando la postura de quien espera un taxi.

—¿No vas a venir? —preguntó.

—¿A dónde?

—Pues a bañarte conmigo —respondió con seguridad.

Sus palabras me desconcertaron. Las había dicho como si entre nosotros mediara un acuerdo o una costumbre largamente sabida por ambos. Ella pareció adivinar mi turbación.

—Así le hacen en las películas ¿o no? —dijo.

Extendió su mano para ayudar a levantarme. Me jaló y al hacerlo las cobijas resbalaron al suelo. En la sábana que cubría el colchón aparecieron dos tenues rayas de sangre. Tania se acercó y las examinó intrigada.

—Me habían dicho que dolía mucho la primera vez, pero la verdad no es para tanto —dijo.

—¿De qué hablas? —pregunté fingiendo ignorancia.

—¿No lo sabes?

Repetidas veces Tania había insistido en que era virgen. Yo me resistía a creerle: Gregorio era demasiado cabrón para no habérsela cogido. Pero la verdad, poco me importaba si lo era o no.

—Ya te dije que eso a mí me vale madres —aseveré.

—A ti, pero a mí no —sentenció.

Me rodeó el cuello con los brazos y caminando de espaldas me condujo al baño.

. . .

DENTRO DE LA regadera hicimos el amor una vez más, tendidos sobre las baldosas, con el agua caliente sobre nuestras espaldas, sin preocuparnos por usar condón, sin miedo al embarazo, sin temor a nosotros mismos ni a qué sucedería en adelante.

Acaricié su cuerpo, centímetro por centímetro. Busqué impregnarme de ella, tenerla a ras de mis dedos, por si acaso lo sucedido esa tarde no volviera a repetirse.

Se hizo de noche. Acordamos en que ella abandonaría el motel primero. Yo no saldría del baño hasta que la oyera partir. Hacerlo así —pensamos— atenuaría un poco nuestro remordimiento. Llevábamos seis meses de relación clandestina. Nos veíamos después de salir de la escuela (a Gregorio ya lo habían expulsado de la preparatoria, lo cual nos facilitaba las cosas) y huíamos en su automóvil hacia fraccionamientos lejanos al sur de la ciudad, de esos que todavía tienen lotes baldíos y casas a medio construir. Ahí nos besábamos sin cesar durante media hora, para de inmediato retornar a nuestras casas.

Las escapadas se hicieron cada vez más frecuentes hasta que asumimos como inevitable acostarnos juntos, lo cual sucedió ese veintidós de febrero.

Tania salió de la regadera, se envolvió con la toalla y se retiró sin decir palabra. Apesadumbrado, me quedé bajo el chorro del agua, esperando su partida, imaginándomela desnuda en la habitación, sosegadamente desnuda.

Abrí la pequeña ventana arriba de la jabonera para que escapara el vapor. El cielo se vislumbraba claro, con nubes ralas, estáticas. En el radio, después de una canción pegajosa y tonta, el locutor anunció con voz engolada la hora exacta: ocho de la noche con siete minutos. Una canción después escuché cómo el automóvil de Tania avanzaba por el estacionamiento.

Cerré las llaves de la regadera y todavía mojado me dirigí al cuarto. Miré a mi alrededor: quedaba todo y nada de ella: la toalla con la cual se había secado, botada encima del buró; las marcas de sus pisadas húmedas, desvaneciéndosen en la alfombra; un cepillo para pelo olvidado junto a la luna del espejo y la cama revuelta donde horas antes habíamos hecho el amor.

Me senté sobre el colchón. En la sábana, al lado de las manchas de sangre, Tania había escrito con plumón negro: «Te amo más de lo que crees».

Desgarré la sábana, valiéndome de los dientes, y me llevé el trozo de tela con su sangre.

A LAS TRES de la madrugada decidí irme del 803. Estaba extenuado y deseaba llegar a dormir a mi casa. No había visos de que Tania se apareciera por la habitación y lo más probable es que ya hubiera regresado a su casa.

Me puse la chamarra y en un papel anoté: «Tania, si llegas a venir, por favor, no te vayas de aquí», y lo puse junto al libro. Retumbó un trueno y el cristal de la ventana vibró. Me asomé: varios relámpagos centellaban entre las nubes oscuras.

Abrí la puerta del cuarto. El moreno recorría el estacionamiento enfundado en un impermeable gris. A lo lejos me hizo una señal con su linterna y se acercó con pasos lentos.

—¿Qué pues, joven, ya se va?

—Sí.

El hombre alzó los ojos y oteó hacia el firmamento.

—Pues con el aguacero que se ve venir, yo mejor me quedaba en el cuarto.

—Ya me tengo que ir, maestro.

Se rascó la cabeza con la mano con la cual sujetaba la linterna.

—Y si viene la muchacha, ¿qué le digo?

—No le diga nada.

Un carro apareció por la entrada. El moreno les indicó el camino con la linterna y los guió al cuarto 810.

El motel contaba de hecho con sólo trece cuartos. El ocho antepuesto a la numeración era una mera extravagancia del dueño.

Abordé mi automóvil justo cuando se desató la lluvia. Prendí los faros. Con el haz de luz alcancé a ver cómo el moreno le cobraba a un hombre gordo los noventa pesos de tarifa.

MANEJÉ EN MEDIO de una tormenta que provocó apagones e inundaciones en varias zonas de la ciudad. Aun cuando puse a funcionar los limpiadores al máximo, la visibilidad era nula. En algunos tramos el agua rebasaba la altura de las banquetas y era imposible avanzar.

A unas cuadras de la casa, una ambulancia, con la torreta encendida, me rebasó y se estacionó junto a un Volkswagen volcado con las llantas hacia arriba. Disminuí la velocidad, abrí la ventanilla y pasé despacio junto al lugar del accidente. Unos cuantos curiosos, soportando el frío y la lluvia, rodeaban un cadáver tapado con un abrigo y a una muchacha que, con el rostro ensangrentado, miraba absorta el cuerpo desparramado sobre el pavimento, sin que nadie, ni siquiera los paramédicos, le prestara atención.

Me detuve y pregunté a un hombre si se ofrecía algo en lo que pudiera ayudar. Me miró con hostilidad y negó con la cabeza. Insistí, pero ya no me hizo caso.

Viré para esquivar los cristales rotos diseminados sobre el asfalto y me alejé por la calle oscura que esporádicamente iluminaba la roja luz de la ambulancia.

. . .

ME SENTÍ RECONFORTADO apenas metí el coche en el garaje. La lluvia, la calle y la noche quedaban afuera. Tomé la caja de Gregorio y me encaminé a la cocina. Comí dos plátanos, un racimo de uvas, un puñado de chocolates y además bebí entero un litro de leche.

Subí las escaleras de dos en dos. Mi padre me aguardaba frente a mi recámara.

—¿Estás bien?—preguntó.

Asentí. Me palmeó en el hombro con cariño.

—Buenas noches y descansa.

Lo contemplé mientras atravesaba el corredor. No era posible que ese hombre algo encorvado, de piernas flacas y calvicie incipiente, fuera un traidor, como invariablemente sostuvo Gregorio. No lo fue nunca. No me traicionó ni siquiera en los momentos más difíciles de todo aquello.

Se detuvo a la mitad del pasillo y se volvió hacia mí.

—Es tarde, ya duérmete —ordenó con el mismo tono indulgente que usaba para mandarme a la cama cuando niño.

—Ya voy —respondí.

Se despidió alzando la mano y prosiguió hacia su alcoba. Y no, no era un traidor.

COLOQUÉ LA CAJA sobre una silla, pero mientras me desanudaba los tenis no dejó de llamar mi atención, por lo que decidí mejor guardarla dentro del clóset.

Me desvestí y me puse una piyama azul de franela. Era una piyama raída y parchada que había pertenecido a mi padre. La rescaté cuando él quiso tirarla. No quise que terminara en el bote de la basura o como trapo para limpiar ventanas. Era una prenda demasiado vinculada a él.

Me metí entre las sábanas. Recién las había cambiado y aún estaban tiesas por el detergente. Me gustaban así. En varias ocasiones le había pedido a mi madre que no les agregara suavizante después de lavarlas. Tampoco a las toallas, las camisas o la ropa interior. Me agradaba sentir las fibras raspar ligeramente la piel, sobre todo cuando al acostarme deslizaba los pies dentro de la cama. Hacerlo me relajaba.

Sin embargo esa noche dormí intranquilo. Continuamente me desperté con la sensación de que un animal grande y colérico respiraba junto a mí. Escuchaba sus resuellos, sus exhalaciones calientes, me incorporaba y abría los ojos. Los bufidos se extinguían en la oscuridad. No había nada en el cuarto. El animal respiraba dentro de mí. Sabía que no era más que un mal sueño inoculado por la demencia de Gregorio, una alucinación barata, o por lo menos eso era lo que deseaba creer.

Algunos años atrás, Gregorio me llamó a las cinco de la mañana desde el hospital psiquiátrico. Era la época en que aún no lo confinaban a áreas restringidas. Me habló con voz grave y con urgencia me pidió que fuera a verlo.

Eludí a los vigilantes y llegué a su cuarto. Lo encontré de pie junto a la cama, mirando el amanecer por la ventana. Lo saludé sin cautela. Gregorio no respondió al saludo y sin voltear a verme comenzó a hablar remarcando cada palabra.

—El búfalo de la noche sueña con nosotros —dijo.

Los búfalos y el tono críptico parecían ser sus últimas obsesiones. Bromeé sobre ello:

—Se les dice bisontes, no búfalos.

Me reí. Era demasiado seria y afectada su actitud, sobre todo vestido con su ridícula batita azul.

—¿Te estás burlando, cabrón? —preguntó mirándome de soslayo.

—No —respondí y volví a reírme.

Viró y con un movimiento brusco me agarró del cuello de la

camisa. Me encaró y dejé de reír. Por primera vez su mirada me intimidó.

—El búfalo de la noche va a soñar contigo —dijo—. Trotará junto a ti, oirás sus pisadas y su aliento. Olerás su sudor y se te acercará tanto que casi podrás tocarlo. Y cuando el búfalo decida atacarte, te despertarás en la pradera de la muerte. Entonces dejarás de burlarte, hijo de la chingada.

La suya no parecía una advertencia gratuita.

—¿Y? —pregunté con sorna.

Me jaló aún más hacia sí.

—El búfalo de la noche ahora está dentro de mí, tiene cincuenta, cien semanas soñándome y no sé cómo sacarlo, Manuel, no sé cómo.

—Son pesadillas.

—No —respondió categórico—, el búfalo es el principio de mi fin.

Aflojó los dedos sin soltarme. Quedamos en silencio unos instantes, sin dejar de mirarnos a los ojos. Una enfermera entró con unas medicinas y al verme exclamó irritada que la hora de las visitas no empezaba hasta las nueve.

—¿Es todo lo que me tenías que decir? —le pregunté a Gregorio.

Me soltó de la camisa y se humedeció los labios.

—Sí, era todo.

La enfermera empezó a perorar.

—Ya le expliqué joven que…

Pasé a un lado de la mujer, sin hacerle caso, y se calló. Me dirigí hacia la puerta. Antes de cruzar el umbral, Gregorio me llamó:

—Manuel…

Me volví a verlo.

—Conste que te lo advertí.

• • •

AUNQUE DURANTE VARIOS meses temí la amenaza de Gregorio, con el paso del tiempo llegué a considerar al búfalo de la noche como uno más de sus tantos desvaríos. No soñé al búfalo ni, dado el caso, me soñó.

Pero en esa madrugada insomne me sobrecogió la certeza de que un gran animal respiraba dentro de mí. Si no era tal, ¿qué chingados provocaba esos resoplidos iracundos?

Encendí las luces del cuarto y verifiqué rendijas y ventanas para descartar corrientes de aire. Angustiado, di vueltas y más vueltas. Procuré calmarme. Igual me sucedía al soñar con tijerillas. Las sentía recorrer mis venas, carcomer mi carne y cuando despertaba se esfumaban. No había nada. Nada. ¿Por qué preocuparse por un animal jadeante? No, no había ningún búfalo. Ni lo habría. Tampoco habría más Gregorio. Estaba muerto, calcinado, reducido a humo azul y cenizas, pudriéndose en un nicho localizado quién sabe dónde. Todo había sido una burda pesadilla.

A LAS OCHO de la mañana entró mi hermano Luis al cuarto. Me sacudió varias veces.

—Despiértate, despiértate…

Su voz la registré como algo lejano, incierto.

—¿Qué pasó? —logré articular pesadamente.

—Te hablan por teléfono.

—¿Quién?

Puso la bocina junto a la almohada y salió. Llamaba la madre de Tania. Sollozante, me explicó que su hija aún no llegaba a su casa y sospechaba otra desaparición prolongada. Prometí ayudar a buscarla.

Traté de dormir un rato más, pero no pude. La ausencia de Tania me lo impedía. La amaba —mucho, muchísimo—, pero me era difícil descifrarla. Resolví regresar al 803. No se me ocurrió otro lugar donde encontrarla.

Me duché con los ojos cerrados, recargado sobre la pared, atolondrado por la falta de sueño y el cansancio. Sin ánimo de elegir otra ropa, me vestí con la misma del día anterior. Cogí todo el dinero al alcance. Esa mañana no contaba con automóvil y pensé pedir un taxi. No me hallaba en condiciones de viajar por la ciudad en transporte público.

Llegué al motel al filo de las nueve y media. El cielo había escampado un poco, y un débil sol se adivinaba a través de las nubes.

El señor Camariña ya se encontraba trabajando en su oficina. Al verme pasar me saludó con una inclinación de cabeza. Respondí de igual modo. En una de las cocheras, Pancho trapeaba las losetas del piso. Me reconoció a lo lejos y se aproximó.

—Quiúbole, Manuel.

—Quiubo.

—¿Te abro o traes llaves?

—Ábreme.

A partir de aquel veintidós de febrero, Tania y yo comenzamos a frecuentar cada vez más seguido el motel. Tres, cuatro y hasta en cinco oportunidades por semana. Siempre en el carro de Tania, siempre pagando ella, que tenía con qué. Si al llegar al motel encontrábamos ocupado el 803, nos retirábamos: en el 803 habíamos hecho el amor por primera vez y no pensábamos hacerlo en ningún otro cuarto.

Una tarde, el señor Camariña nos interceptó. Dijo que nos había visto por ahí en repetidas ocasiones y subrayó nuestra predilección por el 803. Nos desconcertamos: nos concebíamos como un par de clientes fugaces, casi invisibles. Camariña nos propuso un trato: a cambio de los noventa pesos diarios, nos ofrecía el 803, exclusivamente para nosotros y cuantas veces quisiéramos ir, por una renta de dos mil pesos mensuales. Era decisión de Tania: yo ni de lejos podía desembolsar esa cantidad. Aceptó. Desde entonces nos posesionamos de la habitación y la hicimos nuestra, ya no sólo para acostarnos juntos, sino para ir a estudiar, descansar o simplemente aislarnos de los demás.

PANCHO DIO VUELTA al pasador y empujó la puerta.

—¿No ha venido Tania? —inquirí.

—No, no la he visto, por lo menos desde que llegué.

Al moreno y al muchacho de cabello ensortijado no se les veía por ninguna parte.

—¿Ya se fueron los chavos del otro turno?

—¿Los nuevos? Desde las siete.

—¿No te dejaron recado para mí?

—No.

La habitación se encontraba exactamente en el mismo desorden en el que la había dejado. Todavía no tendían las camas ni aseaban el baño. Una hilera de hormigas recorría la orilla de la pared y se congregaba en torno al envase de Coca-Cola que había dejado sobre la alfombra. Eran hormigas diminutas que ennegrecían el pico de la botella. De niño jugaba a Dios con ellas. Mataba algunas al azar para luego escoger cuáles sobrevivían. Así permitía que unas cuantas, las menos, se alejaran sin que mi dedo las aplastara. En tal designio, pensaba, radicaba mi condición divina.

Cogí el casco, lo acomodé fuera del cuarto junto a unas macetas y las dejé vivir a todas.

• • •

ME RECOSTÉ SOBRE la cama. ¿Dónde podría estar Tania? No sabía predecirlo y, llegado este punto, considerar al zoológico o al aeropuerto como posibilidades era ridículo. No cabía más que aguardar a que reapareciera con su estilo repentino y sigiloso.

Me desnudé —hacerlo en el 803 era una forma de estar con ella—, puse las manos detrás de la nuca y me dormí. Dormido de verdad, sin animales respirando, sin tijerillas, sin llamadas telefónicas.

Desperté sin saber qué hora era. Supuse que tarde porque los rayos solares se filtraban por la persiana derecha. Debí tener frío mientras dormía porque me levanté enrollado con la colcha. Una mujer —probablemente una camarera— cruzó por el pasillo tarareando una canción cuya melodía no identifiqué. Era una melodía con sabor antiguo, dulce, ajena al cuadrángulo, algo sórdido, de las habitaciones del motel.

Me puse la camiseta y los pantalones y descalzo caminé hasta el borde del estacionamiento. Venteaba y en el cielo las nubes se aglomeraban con rapidez. Localicé a Pancho en la entrada del 807. Ataba un bulto con sábanas y toallas sucias. Le chiflé para llamarlo.

—¿Ya quieres que te hagan el cuarto? —preguntó mientras se acercaba.

—No, quiero que me hagas un favor.

—El que sea.

—¿Podrías ir a la recepción y pedirme por teléfono una pizza grande de jamón y tres refrescos?

—Están mejores las tortas de Don Polo, aquí a la vuelta —sugirió.

—No —repliqué—, desde anoche tengo antojo de pizza.

Meneó la cabeza desaprobando mi elección. Le extendí un billete de cien pesos para que pagara y me encerré. No pensaba salir el resto de la tarde, no buscaría a Tania, no llamaría por teléfono y no me preocuparía por ella, por lo menos en las dos horas siguientes. Me desnudé de nuevo y comencé a hojear el libro de Ruvalcaba. Tania había subrayado unas cuantas frases con un criterio que me pareció arbitrario. No había conexión entre una y otra. Me llamó particularmente la atención que en la página ochenta y seis hubiese resaltado con marcador rojo el siguiente pasaje: «Los burócratas que salían de sus oficinas se detenían a comprar pan para llevar a sus casas». Y que en la parte superior hubiera anotado con signos de admiración: «¡Ojo! ¡ojo! ¡ojo!».

¿Qué demonios significaban esas frases para ella? ¿Qué tenía que ver ella con burócratas y su grisura? Presentí que ese pasaje contenía la clave para aclarar sus ausencias. Y volvieron a mí los celos, los torpes celos de antaño.

Los celos: era tal la frecuencia con que iba al motel, solo o con Tania, que me convertí en un rostro familiar para los empleados. Pancho era el más joven de ellos, un muchacho de mi edad. Entraba temprano y salía al anochecer. Trabajaba en todo: en la limpieza de los cuartos, el cobro a clientes, el lavado de blancos, el recuento de toallas (tenía que entrar a los cuartos en cuanto se iban los clientes para constatar que no se las robaran) y atendiendo en la administración. Era solícito y hacendoso, y quien más me simpatizaba. Al principio nos saludábamos con ademanes tibios y formales. Él me miraba de reojo, como corresponde a la regla en los moteles. Cambió un poco su actitud cuando me presenté con él y le pregunté su nombre. Aunque la relación se hizo más afable, él siguió mostrándose prudente: en los moteles de paso uno nunca sabe a qué atenerse con los clientes.

Con el transcurso del tiempo entablamos una amistad concisa. Charlábamos ocasionalmente en los cinco o diez minutos que él tenía libres cada cuatro horas de jornada.

Una tarde en que llegué solo al cuarto advertí a Pancho más

reservado que de costumbre. Me rehuía y se mostraba cortante. Se portó así varios días. A mis preguntas sobre su conducta respondía con lacónicos: «No tengo nada». Hasta que una tarde se decidió a revelarme el porqué de su proceder.

—¿Te puedo decir una cosa, Manuel, pero me juras que no la vas a armar de tos? —preguntó desconfiado.

—Sí, hombre.

—De verdad júramelo, porque si algo pasa, me corren de la chamba por andar de chismoso.

—Te lo juro.

Pancho respiró hondo.

—Es que… —dijo y truncó la frase.

Volvió a jalar aire.

—No, no debería decírtelo.

—Ya, hombre, la haces cansada.

Sacudió la cabeza. Con un ademán lo incité a que prosiguiera.

Me miró a los ojos, tragó saliva y bronca e inesperadamente me lo soltó:

—Va, pues: tu chava vino dos veces la semana pasada con el mismo tipo con el que venía antes.

—Antes ¿cuándo?

—Antes de que viniera contigo.

Quedé pasmado, incrédulo. Pancho continuó: habían venido al motel en ocho o diez ocasiones e invariablemente habían ocupado el cuarto 803. La descripción del acompañante de Tania encajó, rasgo por rasgo, con la de Gregorio.

La revelación me abatió. De golpe mi relación con Tania adquirió un cariz fraudulento: ¿en qué consistía su doble juego? ¿Qué maquinaba? ¿Por qué había insistido en sostener ante mí el estúpido mito de su virginidad?

Salí del motel enfurecido. —Por eso la cabrona pagaba el cuarto —bramé—, por eso, chingada madre.

• • •

CAMINÉ POR LA ciudad durante horas, en una travesía caótica, furiosa. ¿Qué era lo que pretendía la muy puta?

La confronté a gritos al día siguiente, minutos antes de entrar a clases. En un inicio ella se limitó a escuchar. Luego trató tímidamente de defenderse, pero cada vez que intentaba exponer sus motivos yo la callaba con insultos.

Tania acabó encolerizada y finalizó la discusión cuando tajante y soberbia arguyó que al fin y al cabo Gregorio era su novio, que conmigo no tenía ningún compromiso y que ella hacía lo que se le pegaba la gana. Terminamos (¿nuestro romance? ¿nuestro amasiato? ¿nuestro carrusel de cogidas?) entre empujones y mentadas.

Me sumí en la paranoia de los celos, soportando la degradación de nuestro amor, la inseguridad, las dudas. Las dudas: ¿valía la pena ahora —tres años después— ponerme celoso ante medio párrafo que hacía mención a burócratas que compran pan al salir de la oficina? No, no valía la pena, sobre todo después del esfuerzo que significó recomponer nuestra relación.

DEJÉ EL LIBRO de Ruvalcaba y me dormí. Un rato después —en un lapso que me pareció breve— tocaron a la puerta. Somnoliento me envolví con una toalla y espié por la mirilla. Pancho hacía malabares para que no se le cayera la pizza. Abrí y me entregó el pedido, junto con la nota y el cambio. Como se negó a aceptarme propina le regalé uno de los refrescos y una rebanada de pizza.

Devoré la pizza y me quedé con ganas de comer tres más. Sediento, bebí de jalón los dos refrescos y después tomé agua de la llave hasta reventar.

Había soñado durante la corta siesta que interrumpió Pancho.

No logré recordar ninguno de mis sueños, pero me quedó un sedimento de tristeza. Además de las ausencias de Gregorio y de Tania, me pesaba una como ausencia de mí mismo. Me había convertido en un otro distinto al que en algún momento pensé llegaría a ser.

Desnudo caminé hacia la ventana que daba al estacionamiento. Con discreción hice a un lado la cortina. La tarde había adquirido una tonalidad marrón. Las tolvaneras hacían volar papeles por encima de las casas y la lluvia amenazaba con precipitarse de un momento a otro.

Un automóvil negro, de lujo, atravesó el estacionamiento y se detuvo en la cochera del 810. Con ése eran once los cuartos ocupados. Casi un lleno. Así sucedía los viernes por la tarde, sobre todo los de quincena. Las parejas se enclaustraban a rematar el fin de semana. Llegaban estudiantes, obreros, guaruras, criadas, señoras fifí, empleados bancarios, burócratas (¿irían al motel antes o después de comprar el pan para sus casas?), adolescentes escamados, taxistas, policías. Pese a la tan diversa clientela, el Motel Villalba se jactaba de ser un motel moral: no se le permitía el acceso a prostitutas, parejas homosexuales, menores de quince años y tríos. «Donde hay tríos, siempre hay líos», era uno de los lemas del señor Camariña.

Aunque era un motel rascuache y baratón, las habitaciones se encontraban limpias y el mobiliario en buen estado. Los colchones eran viejos pero aún firmes; las cabeceras estaban sólidamente sujetadas y no rechinaban con los vaivenes acostumbrados; los bancos del tocador y las sillas no temblequeaban; los espejos no aparecían descascarados; las alfombras eran continuamente lavadas y aspiradas; las sábanas eran cambiadas de inmediato después de ser usadas y no había el temor de acostarse sobre manchas viscosas; las colchas no lucían agujeradas por quemaduras de cigarro. Era un motel diferente a los que había acudido con Margarita u otras mujeres. «Todo amor, por más sucio que sea —sostenía Camariña—, merece un lugar limpio».

Tampoco era un motel con pasado negro o mala fama. Fuera de un incidente en el cual una mujer cincuentona rebanó a cuchilladas las piernas de su amante —un joven mesero que la engañaba con otra—, no se habían registrado hechos de sangre, ningún asesinato, suicidio o balacera.

Gregorio se equivocó de motel cuando llevó a Tania por primera vez al Villalba. Él supuso que era el mismo en donde se había llevado a cabo un pacto suicida entre un teniente del ejército y su amante, la esposa de uno de sus compañeros. Un caso ampliamente publicitado en las primeras planas de los diarios amarillistas que tanto le gustaban a Gregorio.

Él había leído que el motel se encontraba en la colonia Portales y que la numeración del cuarto terminaba en tres. Lo buscó para ir a consumar su amor con Tania en el mismo sitio en donde el teniente y su amada habían sellado el suyo con sangre. Erró por mucho: el Villalba distaba veinte cuadras de aquel en donde en realidad habían acontecido los hechos.

No hubo entonces habitación de suicidas para Gregorio. Tampoco consumación de su amor. Tuvo a Tania tan desnuda como la tuve yo. La acarició, la besó, la bebió. Se acostó con ella en la misma cama que yo. Durmió con ella, se bañó con ella, pero no logró entrar en ella. Ni en la primera, ni en la segunda, ni en la quinta vez. Él, que fue el primero de nosotros en coger, que penetró a tantas, no pudo, en aquel entonces, hacerle el amor a la mujer que más amó.

Y los imagino a ambos: él en un rincón del cuarto, desnudo, sudoroso, derrotado, y ella junto a él, también desnuda, tratando de consolarlo, besándole la frente, y él ahí, abatido, con la certeza de que miles de tijerillas lo devoran día tras día, hora tras hora, y que esas mismas tijerillas se apiñan en la punta de su pene listas a emerger junto con su semen rumbo a ella, para invadirla y devorarla, como a él, y ella tratando de convencerlo de que eso no va a suceder. Y los imagino a ambos, llorando desnudos, en un rincón del 803.

SALÍ DEL MOTEL justo en el ocaso, en la «hora cero». —La más peligrosa para manejar en carretera —solía decir mi padre cuando viajábamos en automóvil—. Es la hora en la que ves, pero no sabes qué es lo que ves.

Conté las monedas que me sobraban. No eran suficientes para costear un taxi. Caminé a la esquina, en donde un grupo de mujeres humildes, obreros, albañiles y estudiantes de secundaria vespertina aguardaban el camión. Era un grupo compacto, silencioso, cuyos rostros apenas se distinguían en la hora cero.

Empezó a chispear y todos nos repegamos a la pared con la esperanza de no mojarnos. Pretensión inútil. Se soltó un chubasco repentino que el viento llevó contra nosotros.

La mayoría corrió a refugiarse en una taquería cercana, al otro lado de la calle. Yo me quedé en la esquina, junto con una anciana huesuda y chaparrita que, abrigada sólo con un desgastado suéter azul, soportaba la lluvia en espera del autobús.

Por más que intenté detenerla con las manos, la lluvia se coló por la nuca hacia mi espalda. ¿Por qué en febrero llovía tanto? Los meteorólogos de la televisión lo aducían a un fenómeno provocado por el sobrecalentamiento de la corteza terrestre. Eso no parecía concernirle a la anciana a mi lado, quien imperturbable miraba hacia la dirección por la cual debía arribar el autobús.

Un automóvil azul se paró junto a nosotros. El conductor tocó el claxon. Atisbé por las ventanillas, pero no identifiqué quién

manejaba. Dejé de prestarle atención. El conductor insistió. Me acerqué y reconocí la cabeza pelada al rape de Camariña, quien con ademanes me instaba a que subiera.

Irrumpí dentro del auto. Tan pronto me senté, mojé las vestiduras. Apenado, pedí disculpas.

—Nada, hombre —replicó Camariña—, al rato se seca.

Arrancó. Por el cristal observé a la anciana que, escurriendo agua, permanecía impasible aguardando su transporte.

—¿Para dónde vas? —preguntó Camariña.

—A Villa Verdún.

—Y eso ¿por cuál rumbo queda?

—Lejos, subiendo toda la Calzada de las Águilas, hasta arriba.

—Y usted ¿a dónde va?

—A llevarte a tu casa —sentenció.

Intenté protestar. Camariña lo impidió: «Eres uno de mis dos mejores clientes, muchacho, ¿Qué le vamos a hacer?».

MANEJÓ UN RATO en silencio. El tránsito anárquico y lento parecía no molestarle. De vez en cuando tamborileaba en el volante al ritmo de la canción que tocaban en el radio. Sus antebrazos eran anchos y fuertes. Sus manos, carnosas, con venas gordas y saltadas. Sus dedos achatados parecían más los de un mecánico automotriz que los del dueño de un motel.

Camariña esquivó la fila de automóviles doblando por una avenida en sentido contrario y zigzagueando por callejuelas desconocidas. Cortó un buen trecho y se reincorporó a la circulación varias cuadras adelante. Me miró con orgullo infantil.

—Ya conozco esta ciudad mejor que mi pueblo.

Su pueblo era Villalba, en Galicia, cerca del mar. Había llegado a México hacía treinta y cinco años, a los dieciocho. Montó el

motel bajo la premisa de que son cuatro las necesidades básicas del ser humano: «Casa, vestido, comida y cogida». Camariña reía con su risa de caballo cada vez que lo mencionaba. En diversas ocasiones me había invitado a su oficina a charlar. Pese a su parquedad le agradaba mucho conversar.

Al llegar a Insurgentes me percaté de que a un lado pasaba un autobús con ruta hacia mi casa. Traté de apearme para abordarlo.

—No, muchacho, yo te llevo.

—Ya me acercó bastante, no quiero desviarlo más.

Camariña se estiró y jaló la manija para cerrar la puerta que yo había entreabierto.

Seguimos adelante. Camariña apagó el radio y comenzó a hablar de fútbol, su gran pasión. En México era partidario del Necaxa, en España del Sporting. Sabía estadísticas por equipos y por jugador, formaciones tácticas, alineaciones de los cuadros titulares de todos los equipos de primera división. Relataba vivamente anécdotas de partidos que nunca vio. Su mundo de fútbol era un mundo por completo aparte de aquel de amoríos furtivos que se desplegaba en las habitaciones de su hotel.

Nos detuvimos en un semáforo y como si nada me preguntó si me había peleado con Tania. Le respondí que no.

—Es que en la tarde tu novia llegó en su carro al negocio —Camariña siempre decía el negocio, nunca el hotel—, se detuvo frente al cuarto, se estuvo un ratito ahí, luego se dio vuelta y se volvió a ir y como tú te la has pasado ahí metido, solo, pues pensé...

Sentí un súbito malestar, una opresión ventral. Tania me rehuía. Me rehuía una vez más.

Camariña notó mi estado de ánimo y con su manaza apretó mi pierna.

—No te preocupes, así son las mujeres. Yo por eso con la única que me lié en la vida fue con mi esposa y con ella tengo y me sobra.

• • •

LA IMPRESIÓN QUE brindaba Tania era la de una mujer en permanente vía de escape. Huir parecía ser su única constante. Ese rasgo varios lo confundían con traición, incluso yo. Pero no era así. Tania guardaba un íntimo sentido de la lealtad. Ésa era la causa que la había impulsado a regresar con Gregorio al 803. Pretendió contrarrestar la culpa otorgándole a Gregorio su cuerpo o, más bien, la oportunidad que significaba su cuerpo. No su amor, porque era a mí a quien amaba. Pero quería intensamente a Gregorio y no dejaba de dolerle el modo en que se precipitaba hacia la locura.

La reconciliación con Tania fue dura, encarnizada. A pesar de que los cuatro meses que nos mantuvimos separados nos amamos más que nunca, no dejamos de humillarnos y agraviarnos. Volvimos sin haber superado rencores. Constantemente nos recriminábamos por nimiedades y peleábamos con saña para dejar de vernos por días. Entonces ella me rehuía y su ausencia me producía una opresión en el estómago.

Normalizamos la relación luego de herirnos hasta el cansancio. Ella siguió de novia de Gregorio durante casi año y medio más, queriéndolo cariñosa, dedicada. Solía visitarlo en el hospital al salir del motel, aún impregnada del sudor de nuestros orgasmos.

Pensé que engañábamos a Gregorio. Nunca. Desde el principio intuyó lo nuestro y se dedicó a hostigarnos con golpes soslayados, sutiles: devastadores. Minó nuestra relación cuanto quiso, despertando culpas, avivando celos, alentando pleitos. Nos plantaba chingadazos cuando menos lo esperábamos. Tania y yo resistimos, no sé si por ingenuos o porque de verdad nos amábamos tanto.

• • •

CAMARIÑA SE MOSTRÓ preocupado por la forma en que reaccioné a lo que dijo sobre Tania y el resto del camino se dedicó a tratar de reconfortarme.

Alabó la chamarra que me había prestado el padre de Margarita.

—No sabes cuánto tengo de buscar una así —dijo mientras apreciaba la textura de la tela impermeable con sus dedos de mecánico—, debe servir para el frío.

Luego se dedicó a bromear. Eran las suyas bromas escuetas, pero de gran finura. Logró hacerme reír con la lista de objetos olvidados en los cuartos del motel: medallas de la virgen, cadenas de oro, llaveros, portafolios, libros, mamilas para bebé, bolsas de dama, vibradores y hasta una computadora *laptop*. Eso sin contar los paquetes de condones sin abrir, los tubos de lubricante vaginal, los frascos con esencias aromáticas, ropa interior hecha garras y cepillos.

Contó que los clientes rara vez volvían por los objetos, sobre todo si eran de valor y provenían de clasemedieros o «gente bien». Éstos toleraban llegar al motel encubiertos por los empleados que no miran a los ojos y por la discreción de las cortinas en las cocheras. Pero cosa muy distinta era enfrentar cara a cara a un señor que, parapetado detrás de un mostrador, les pregunta qué se les ofrece. Era un riesgo que sencillamente no asumían.

—A esos clientes —me dijo Camariña—, les falta algo así como una máscara de luchador.

Después de una hora, Camariña me dejó en mi casa. Antes de bajar me palmeó en el hombro tal y como solía hacerlo mi padre.

—Ánimo, muchacho, que una sola mujer nos podrá faltar, pero el amor nunca se acaba. ¿Me entiendes?

—No.

—Hombre, lo que te quiero decir es que mujeres hay un montón.

Sonreí y descendí del auto. Camariña dio vuelta, pasó a un lado mío y se despidió agitando la mano. Lo alcancé corriendo y le toqué en la ventanilla. Frenó con brusquedad.

—¿Qué hay? —preguntó extrañado.

Señalé la chamarra que traía puesta.

—¿Le gusta?

—Sí, es muy bonita.

Me la quité y la metí por la ventanilla.

—¿Qué haces? —inquirió.

—Se la regalo.

Camariña se ruborizó con un rojo español.

—No lo permito —dijo y casi la avienta fuera del carro.

—Yo tampoco —repliqué. Hice bola la chamarra y la arrojé al extremo del asiento trasero.

—No te traje a tu casa para que me des regalos —alegó—, ni que fuera tu querida.

Me recargué en el filo de la puerta.

—Frío podrá faltar —le dije—, chamarras nunca.

—¿Qué quieres decir?

—Que chamarras tengo un montón. Camariña sonrió y me dio un zape en la cabeza.

—Gracias —dijo parcamente y partió calle abajo.

Ya me las arreglaría para conseguir otra chamarra igual o para inventarle un cuento chino al papá de Margarita.

NO ENCONTRÉ A nadie en la casa. Mis padres habían ido a cenar con unos amigos y Luis se hallaba en Cuernavaca para pasar el fin de semana. En la cocina mi madre había dejado un platón con sándwichs de pollo para que merendara. Me acomodé en una silla del desayunador y tomé mi libreta de recados, y digo mía porque en la casa cada quien tenía asignada la suya. Había en éstas un registro puntilloso de cada llamada telefónica: quién había hablado, a qué hora y con qué motivo. Todos estábamos obligados a apuntar estos pormenores en la libreta correspondiente. Era una manía que mi madre había adquirido cuando fue secretaria privada del Secretario de Hacienda.

La madre de Tania había llamado ocho veces: tres en la mañana, dos en el mediodía, dos en la tarde y la última a las diecinueve horas con treinta y seis minutos. Las ocho con el mismo mensaje: «¿Sabes algo de Tania?». Miré el reloj: cuarto para las nueve. De acuerdo con los intervalos con que había llamado, volvería a hacerlo aproximadamente a las diez y media de la noche.

También venía anotada una llamada de Rebeca a las diecisiete con quince. Ella era una compañera de la universidad con quien ocasionalmente me acostaba; preguntaba por qué no había asistido a clases. Una de Margarita a las dieciocho con cinco, pidiendo que me comunicara con ella. Y una más, que me sorprendió, del doctor Macías, el médico que con evidente éxito llevó a cabo lo que él denominó «el proceso de rehabilitación terapéutica de Gregorio» (¿con cuántos suicidios respaldaría su prestigio de psiquiatra?). Se había comunicado dos veces y dejaba los números telefónicos de su consultorio y de su beeper. Seguramente había hablado para ofrecerme sus servicios.

DI UNA MORDIDA a uno de los sándwichs pero lo hice a un lado: tenía una capa de aros de cebolla. Mi madre aún confundía a cuál de sus hijos le gustaba la cebolla y a cuál no.

Me preparé un cereal y me senté a ver la televisión. Sintonicé uno a uno los canales de cable, sin que ningún programa me interesara.

Le apagué y fui a mi cuarto a tratar de leer una novela. No logré concentrarme.

Marqué el número de Rebeca. Ella tenía un novio bobo y estaba enamorada de mí. Era bonita y me atraía mucho. Contestó y al oír mi voz dijo: «Número equivocado, señorita» y colgó. Eso hacía cuando su novio bobo se encontraba junto a ella. Me pesó: era una buena noche para ir al cine y hacerle el amor en su carro.

El teléfono de Margarita sonó ocupado las cinco veces que intenté llamarla. Luego me comuniqué con la madre de Tania. Contestó al primer tono. Se le oía atribulada. No era mala persona. Quizá un poco frívola, pero amable y atenta. El padre era un abogado laboral reputado por ganar pleitos corrompiendo líderes sindicales y sabotear huelgas con esquiroles. Sin embargo, a mí me trataba bien.

Ambos tenían la certeza de que Tania regresaría. No lo dudaban pero la espera los estaba consumiendo. «Un día más de éstos, Manuel, y me muero», me dijo la madre entre sollozos. Estuve tentado a decirle: un día más y mato a su hija. No pensaba decírselo en son de broma. No, porque de verdad lo creía. Matarla para que sus ausencias no me mataran tanto.

NO TOLERÉ ESTAR solo en casa. Como ya no llovía decidí salir. Caminé alrededor de un parque cercano. Di vuelta tras vuelta hasta que me fastidié. No tenía dinero para ir al cine o a una cafetería a tomarme algo. Me dirigí a las canchas de basquetbol situadas en el centro del parque. Ahí había ganado algún dinero apostando en partidos de uno contra uno. Poco billete: veinte, treinta pesos por juego. Lo suficiente. Si no fuera un viernes lluvioso de seguro encontraría a quién retar. Me topé —en cambio— con un grupo de adolescentes que se emborrachaban con cervezas. Habían trepado el carro de uno de ellos junto a las gradas y habían abierto las cuatro puertas para que se escuchara al máximo volumen la música del tocacintas. El más borracho bailaba a trompicones un monótono *rap*.

No era un grupo de pandilleros, sino *juniors* clasemedieros cuyos desmadres más originales consistían en quebrar botellas contra el piso y vomitar detrás de las canastas. Reconocí a tres o cuatro y me acerqué. A lo mejor podían prestarme dinero.

—¿Qué pues, Michael Jordan? —me saludó uno al que le decían el «Tommy» y a quien le había ganado algunos partidos de apuesta.

—¿Qué pues? —le respondí.

El «Tommy» me ofreció una cerveza.

—Soy abstemio —le dije.

—¿A poco no tienes vicios? —terció uno de ellos.

—Sí, otros —respondí—, mejores vicios.

Uno más, a quien apodaban el «Pony», abrió la mano y me mostró un carrujo de mariguana.

—¿A este vicio sí le haces, o es muy fuerte para ti? —inquirió con sorna. Se creía el jefe de la banda.

—No, tampoco. No tengo vicios de púberes —le contesté.

Los demás se burlaron de él festejando mi chiste. Busqué un lugar seco en las gradas y me senté junto al «Tommy».

—¿Qué con ustedes? —les pregunté.

—Aquí nomás pisteando —respondió el «Castor», el más chaparro de ellos.

La cinta se acabó y el borracho que bailaba solo pidió a gritos que repitieran el *rap*. Como nadie le hizo caso, marchó trastabillando hasta el automóvil, se tiró sobre el asiento delantero y manipuló las perillas del autoestéreo. Volvió a retumbar el *rap* y el borracho saltó del coche para volver a bailar sobre su eje mirando hacia la luna.

—Y tú ¿qué haces acá? —me preguntó el «Tommy».

—Vine a ver si encontraba con quien echarme un partidito de básquet.

El «Castor» señaló hacia las canchas anegadas.

—Pues más bien será de waterpolo...

Varios rieron con risotadas fingidas, el «Pony» el que más.

—¿Y tu cuate con el que venías? —interrogó un güero al que apodaban el «Carita».

—¿Cuál?

—Uno alto que tenía un tatuaje igual al tuyo —explicó.

—Ya se murió —dije sin inmutarme.

Todos volvieron a reír, como si hubiera dicho algo muy gracioso. Reí yo también.

—De verdad —dije todavía entre risas y me coloqué el dedo índice sobre la ceja—, el martes se sorrajó un balazo aquí.

Algunos rieron, otros no. No sabían si se trataba de una ocurrencia mía o si hablaba en serio.

—¿No nos estás cotorreando? —preguntó el «Tommy».

—Para nada.

Todos me observaron turbados, excepto el que bailaba embebido con la luna.

—¡Apa vicios los de mi cuate!, ¿verdad? —agregué y miré al «Pony».

No hubo ahora quien me festejara la gracia. Medio sonreí. Los demás se quedaron callados. La cinta volvió a acabarse y el borracho a pegar de gritos. Lo calló un gordo, grande y feo, de cuya presencia no me había percatado.

—Ya pinche «Trompo» —dijo—, ya me traes hasta la madre.

Se dirigió al coche, quitó la llave del encendido y la guardó.

—Se acabó la música —determinó.

El otro se le quedó mirando vidriosamente, los brazos abiertos como espantapájaros. Rezongó en voz baja y fue a tumbarse a un extremo de las gradas.

Poco a poco el grupo se fue dispersando. El «Pony» se alejó con las manos metidas dentro de los bolsillos de su chamarra y se puso a platicar con el «Castor».

El gordo y el «Carita» se sentaron junto a mí y el «Tommy». Destaparon unas cervezas y las bebieron con tragos pausados. Comenzaron a hablar de marcas de automóviles, modelos, cilindrajes y demás babosadas. El gordo, muy ufano, se dirigió a su carro y abrió el cofre para mostrarnos el motor. Con orgullo señaló mangueras, bujías, tapones. Aproveché el momento para pedirle al «Tommy» que me prestara cincuenta pesos. Se esculcó los bolsillos y sacó una moneda de diez.

—Es todo lo que traigo —explicó.

También le pedí al «Carita». Éste abrió su cartera y, dándome la espalda, extrajo un billete de veinte.

—Mañana te puedo prestar más —dijo.

—Los necesito ahorita —aclaré—, para el taxi y el cine.

—¿Quieres ir al cine? —preguntó el gordo.

Asentí.

—¿Y ustedes? —preguntó a los otros dos.

Igual asintieron. El gordo caminó al carro, hurgó dentro de la cajuela de guantes y se irguió con cara de satisfacción y dos billetes de cien en la mano.

—Yo los invito, cabrones.

Nos subimos los cuatro al auto, yo en el asiento del copiloto. El gordo presionó el acelerador a fondo y cruzamos las canchas mientras los demás corrían a hacerse a un lado.

El gordo quiso cortar por donde el terreno era más lodoso. El auto patinó hacia los árboles sin que golpeáramos uno. Salimos del parque y desembocamos a una calle adyacente que nos llevó a Avenida de las Águilas.

El gordo conducía con una sola mano. No respetaba los semáforos, no se detenía en los topes y rebasaba por la derecha a gran velocidad. Los dos de atrás parecían acostumbrados a su manejo, porque no se alteraron en lo más mínimo.

A lo lejos descubrí una patrulla que recorría la avenida con la torreta apagada. Persuadí al gordo de que me dejara conducir. Podían pararnos y su aliento apestaba a cerveza. Se orilló y suspiré aliviado cuando me cedió el volante.

LLEGAMOS A UNO de esos edificios que en su interior agrupan diez salas cinematográficas, tiendas de discos y restaurantes. La oferta de películas era vasta para el horario de las once treinta. Sugerí que viéramos *Mariposa Negra,* dirigida por Busi Cortés y que recién estrenaban. Los otros se obstinaron en ver una barata cinta de acción. Como no llevaba dinero, tuve que atenerme a lo que decidieran.

Adquirimos los boletos cuando aún faltaban veinte minutos para el inicio de la función. Para matar el tiempo fuimos a leer revistas a Sanborn's. El gordo y «Tommy» pronto se aburrieron y resolvieron ir a una vinatería cercana a comprar tres anforitas de ron.

—Se chupa muy sabroso dentro del cine —aseveró el gordo. Me quedé a solas con el «Carita». Era rubio y guapo, con cara de buena gente. Igual de inofensivo que el resto de sus amigos. Le pedí los veinte pesos que antes me había ofrecido para comprarme una revista de cacería. Giró hacia su izquierda y cubriéndose de mí entreabrió con discreción su cartera. Aun así, pude ver que contenía más de cien pesos.

El «Carita» me extendió un billete de veinte y cuando se disponía a guardar su cartera le pedí otros veinte.

—Es todo lo que traigo —dijo con una inflexión de voz que denotaba lo contrario.

—No seas cuento, que acabo de ver que traes más.

Me miró mortificado, como si yo fuera un profesor que lo hubiera sorprendido copiando en un examen.

—Es lo que me dio mi mamá para comprar unos libros para la escuela —dijo titubeante.

—No te preocupes —expresé confiado—, que no pasa del domingo en que te los pago.

Con un movimiento ratonil entreabrió de nuevo su cartera y me dio otro billete de veinte.

—Gracias —le dije y embolsé el billete dentro de mi pantalón. No se los pagaría, por codo y mentiroso.

EL GORDO INSISTIÓ en que nos sentáramos en las butacas de hasta adelante. Me negué con terquedad pero de todos modos nos acomodamos entre las primeras filas.

Desde antes que apagaran las luces los tres empezaron a beber descaradamente de sus anforitas. El gordo incluso había metido una botella de tequila de un litro escondida entre sus ropas. Tenían la intención de embriagarse como si se hallaran en un estadio de fútbol.

La película me hartó a los veinte minutos. No estaba de humor para balazos, patadas voladoras, karatecas y adolescentes borrachos. Le susurré al «Tommy» que iba al baño y no me tardaba. Me marché de la sala y regresé al Sanborn's.

En la fuente de sodas pedí una malteada de chocolate. Un tipo se acercó a mi mesa y escrutó mi rostro durante unos segundos.

—¿Manuel? —interrogó.

Se trataba de Ricardo Galindo, ex compañero de Gregorio y mío en la secundaria y la preparatoria.

—¿No me reconoces? —preguntó.

Claro que lo reconocía. Se dedicó a hostigar a Gregorio durante los tres años de secundaria, cuando Gregorio era aún un muchacho tímido y flaco.

—Sí, eres Ricardo —contesté.

Sonrió y luego adoptó una expresión seria.

—Supe lo de Gregorio, me sacó mucho de onda.

—¿Qué pasó? —pregunté.

—¿No sabes?

Negué con la cabeza. Ricardo colocó su mano sobre el respaldo de la silla y se inclinó hacia mí.

—Se suicidó —musitó.

Me fingí sorprendido.

—Qué mal ¿verdad? —dijo con cara compungida.

No debía pesarle tanto. Una mañana, como de costumbre, Ricardo se mofó de Gregorio a la mitad de una clase en el laboratorio de Biología. Gregorio, que por esas fechas empezó a cambiar, sonrió y cogió el bisturí con el cual diseccionábamos un conejo. Se paró junto a Ricardo, le tensó el filo en la garganta, lo forzó a caminar de espaldas entre las hileras de pupitres y ante el asombro del profesor y los demás alumnos, lo recargó contra una pared y le hizo una incisión en la mandíbula. Una pequeña raya de sangre brotó y Gregorio bajó el bisturí. «Una más, cabrón, una sola más —advirtió— y te saco los ojos». Dio media vuelta y se sentó de nuevo. Al día siguiente lo expulsaron una semana de la escuela.

—¿Y cuándo se suicidó? —pregunté.

Alzó los hombros. Una muchacha le hizo una impaciente seña desde lejos y él respondió con otra de «espérame tantito».

—¿Sigues siendo novio de Tania?

Asentí. Se quedó callado sin saber qué más decir.

—¿Viniste al cine? —inquirió después de unos segundos.

—Sí —respondí.

—¿Cuál viste?

—*Mariposa Negra*.

—¿Y qué tal?

—Muy buena, te la recomiendo.

Se despidió exagerando el gusto que le había dado verme y se alejó dando saltitos entre las mesas hacia la muchacha que lo esperaba.

DESCENDÍ POR EL elevador del estacionamiento. Ya en el coche caí en la cuenta de que no me sobraba dinero con que pagar el boleto de salida. Por fortuna me concedieron dos horas gratis por ser cliente de Sanborn's.

La ciudad se hallaba casi vacía. Raro por ser viernes. Quizá la lluvia había alejado a los noctámbulos.

El carro del gordo jalaba bien. Era un deportivo rojo, de líneas aerodinámicas y marca intrascendente, de los que anuncian en la tele a la manera de los videoclips. El gordo alardeó que su auto podía alcanzar los cien kilómetros por hora en menos de diez segundos.

Era cierto: apenas pisaba el acelerador y aventajaba con facilidad a los demás vehículos. Lástima de automóvil: tanto motor para tan poca personalidad.

La avenida de los Insurgentes lucía desierta, disponible para que rasara el asfalto a doscientos por hora. Decidí ir despacio.

Nunca me gustó la velocidad. Tampoco a Gregorio. Ni aun en nuestras épocas de preparatorianos, cuando pedíamos prestados sus coches a las madres de nuestras compañeras invocando urgencias graves para devolverlos dos o tres días después.

Ambos pensábamos que a alta velocidad la vida quedaba sujeta al azar. Podíamos matarnos por la imprudencia de otro conductor, una piedra a la mitad del camino, el cruce fortuito de un perro. Como le sucedió a René, amigo nuestro (y quizá el único), que quedó decapitado luego de que su carro pasó por debajo de un trailer a ciento ochenta kilómetros por hora. El chófer del trailer se distrajo pelando una naranja y cambió de carril justo cuando el auto de René lo rebasaba. René no alcanzó a frenar. Su Golf quedó sin techo —y sin René— incrustado en el portón de un edificio de departamentos a noventa metros de distancia. René no llevaba prisa por llegar a algún lado. Iba rápido porque sí.

INDECISO MANEJÉ VARIAS cuadras, sin saber a dónde dirigirme. No deseaba volver a la casa, ni dar vueltas solo por la ciudad. Mucho menos pensaba recoger al gordo y a sus amigos. Bastante se divertirían buscando el coche en el estacionamiento.

Ansiaba una pausa. Detenerme a conversar. Sencillamente a conversar. No quería nada más.

Me dirigí a casa de Rebeca. Era posible que su novio ya se hubiese ido y pudiera verla un rato. Aunque era difícil: sus padres eran muy estrictos y le restringían las horas de salida. Su entorno familiar era claustrofóbico. Quizás por eso me atraía la relación con ella: me brindaba la sensación de transgredir algo.

Con Rebeca había hecho el amor en contadas ocasiones. Veinte a lo máximo. Todas en lugares inusitados: la recámara de sus padres, la azotea, la cocina de su casa, el pasillo de un cine solitario, un vacío salón de clases. La razón: ella se negaba a ir a moteles de paso. «Son lugares para putas», decía.

Era una mujer dulce e impulsiva aunque predecible. Me amaba mucho y en algún momento pensé que también estaba enamorado de ella. Es probable que las cosas hubieran tomado un rumbo diferente si alguna vez hubiésemos estado desnudos, en calma, sin caricias atrabancadas, sin el peligro de ser sorprendidos con los pantalones a la rodilla, enganchados como perros callejeros listos a recibir un cubetazo de agua fría. Diferente de no haber sido hija de un par de energúmenos ridículamente conservadores. Diferente, sobre todo, si no amara tanto a Tania Ramos.

ME DETUVE FRENTE a la casa de Rebeca. El carro de su novio aún se hallaba estacionado frente a la puerta. Miré el reloj en el tocacintas: las doce y diecisiete. El novio había excedido el límite tolerado por los padres por más de una hora y cuarenta y cinco minutos. No tardaría el padre en correrlo.

Metí un casete en el tocacintas para sobrellevar la espera oyendo música, pero era tal el mal gusto del gordo que preferí apagarlo.

Aguardé diez minutos. Como el novio no salía determiné ir a la esquina a llamar a Rebeca desde un teléfono público.

—Bueno —contestó.

—¿Adónde hablo? —pregunté.

Se puso nerviosa y comenzó a tartamudear. Lo acordado cuando llamaba a su casa era preguntar por un imaginario Fernando Martínez. Si podía hablar sin problemas, continuaba la conversación. Si no era así respondía «número equivocado, señorita» y colgaba.

Cuando empezó a decir «número equi...», la interrumpí.

—No me cuelgues —ordené.

Se quedó muda.

—No me vayas a colgar.

—Éste es el 572-50-92 —dijo titubeante.

Al otro lado de la bocina se escuchó la voz de su novio que la interrogaba sobre quién llamaba.

—¿Me extrañas? —le pregunté.

—Sí, señorita.

—Quiero verte ahora mismo.

—No, señorita, con gusto la ayudaría, pero no lo creo posible.

Tapó el auricular. Aun así logré escuchar que le decía a su novio que una mujer muy angustiada trataba de localizar el número telefónico del Hospital de la Luz.

—¿Qué pasó? —inquirió desconcertada.

—¿Ya puedes hablar?

—Rápido, Antonio se fue a la cocina a buscar el directorio.

—Necesito verte.

—Mañana.

—No, ahorita.

—Estás loco.

Nuevamente puso su mano sobre el auricular. Dio algunas instrucciones al novio sobre dónde hallar el directorio.

—Ya se fue otra vez —susurró.

—Qué bien.

—¿Por qué no has ido a la universidad?

—No he podido.

—Me dejaste plantada el miércoles. Íbamos a comer juntos ¿no te acuerdas? Ni siquiera llamaste para disculparte.

—No pude.

Se escuchó la voz del novio al fondo. Rebeca cambió su entonación.

—Mire señorita, el teléfono del hospital es...

La interrumpí.

—¿Por qué no mandas a tu novio a ver si ya parió la marrana?

Ella siguió con tono neutro.

—¿No tiene con qué apuntar?

—Estoy en la esquina de tu casa. Cuando salgas a despedirlo dejas la puerta abierta y me cuelo dentro.

—No, señorita, me parece que eso es imposible.

—Te voy a esperar en un carro rojo que está estacionado detrás del de tu novio.

—No, no puedo esperarla a que vaya por un lápiz.

—Por supuesto que puedes.

—Sí, sí, a ver: apunte. El teléfono es el cinco, cuarenta…

—Necesito hablar contigo.

—treinta y cuatro…

—Se mató Gregorio.

Rebeca se quedó en silencio. La oí respirar con la boca abierta.

—ochenta y uno… y si puedo con mucho gusto veré en qué puedo ayudarla —dijo y colgó.

A LOS CINCO minutos apareció el novio enfundado en una gabardina, Rebeca detrás de él protegida por un paraguas negro. Comenzó a chispear. Me sumí en el asiento cuando él pasó frente a mí para dirigirse a su coche. Rebeca lo alcanzó y le dio un beso. Desde una ventana el padre le gritó que se apurara. El carro del novio arrancó y Rebeca golpeó dos veces con los nudillos en el cofre del mío. Me enderecé cuando el auto del novio torció en una calle.

Descendí del auto y, con cuidado de no hacer ruido, cerré la portezuela. Rebeca se quedó aguardándome sobre la banqueta. El padre vociferó de nuevo.

—Ya métete.

—Voy —replicó ella.

Agachado avancé tres pasos y me adosé a la salpicadera. Desde la ventana el viejo supervisaba las acciones de su hija.

—¿Qué tanto haces? —interrogó con otro grito.

—Se me cayó un arete y lo estoy buscando.

Rebeca se paró junto a la puerta, volteó hacia su casa y con un discreto movimiento de la mano indicó que me metiera. Al entrar hizo la seña de que me ocultara tras un gran macetón colocado a la orilla del jardín. Escuché la voz del padre que le mandaba cerrar con llave la puerta.

Rebeca simuló dar varias vueltas al pasador.

—Ahorita regreso —susurró.

Se apagaron las luces en la planta alta. Sólo quedó encendida una lámpara en la habitación destinada a las visitas contigua al jardín.

ENTRE EL PORTÓN y la casa mediaba un prado extenso sembrado con setos de truenos, gardenias y rosales. Para llegar a la puerta principal había que recorrer quince metros por un ancho sendero cubierto de grava. Con seguridad el padre lo minaba después de las doce de la noche.

Transcurrieron varios minutos. Las piernas se me entumieron y enlodé mi mano derecha cuando al intentar cambiar de postura la metí dentro de la tierra del macetón.

El jardín estaba alumbrado por tres potentes reflectores. Se podía observar con claridad la lluvia cayendo sobre el pasto, las hojas de los árboles desprendiéndose al choque con las gotas y el manto de flores de bugambilia desparramadas por el suelo. Docenas de lombrices se retorcían sobre la grava, huyendo de sus agujeros inundados. Un par de ratas atravesaban vertiginosas el prado, trepaban sobre los botes de basura situados en el garaje, hurtaban sobras de comida y regresaban a escabullirse a una grieta bajo la fuente abandonada.

Rebeca salió a mi encuentro vestida sólo con un camisón negro de satín y un rebozo. Chistó desde la puerta principal. Me incorporé, con la espalda adolorida. Me limpié el barro de la suela de los tenis con una piedra de tezontle y recorrí la senda por el borde menos iluminado.

Al subir la escalinata de entrada Rebeca me abrazó y me besó. Su mejilla estaba caliente. Igual sus labios. Me tomó de la mano izquierda y sigilosa me condujo por entre la sala en penumbras. Llegamos a la habitación que se contemplaba desde el jardín y cerró con cautela para evitar que las bisagras rechinaran.

—Si mi papá sabe que estás aquí, te mata.

—Nos matamos —añadí.

Ella sonrió y meneó la cabeza. Su cabello se agitó al modo del de Tania.

—Mi papá no es tan malo como parece.

—Claro que no: es peor.

Me golpeó con el puño en el estómago. Hice como si me hubiera sacado el aire. Ella notó mi mano sucia. Me mostró un baño dentro de la misma recámara.

—¿Siempre usas ese camisón o te lo pusiste para mí? —le pregunté mirándola por el espejo mientras me lavaba.

—Es el que me pongo todas las noches pensando en ti.

Se despojó del rebozo y se sentó en un sofá. La piel de sus hombros era lisa y blanca, de un blanco que no desagradaba.

Terminé de secarme las manos, me quité la chamarra y me senté a su lado.

—¿Es cierto lo que me dijiste por teléfono? —preguntó incrédula.

—Sí.

Ella había tratado a Gregorio en sólo dos ocasiones, suficientes para percatarse cuán intimidante era. Al conocerlo Rebeca llevaba una blusa que mostraba los hombros. Gregorio los acarició apenas rozándolos con la yema de los dedos. Ella se hizo para atrás, desconcertada. «Sólo quería saber si eran de verdad», dijo él.

—¿De qué murió?

Gregorio se había muerto de tantas cosas que me negué a pronunciar la palabra «suicidio».

—Está muerto. Punto —dije cortante.

Ella no se molestó por mi respuesta. Abrió mi mano y con la uña de su índice derecho surcó las líneas de la palma. No hizo predicciones absurdas sobre mi futuro o la probable duración de mi vida. Se limitó a seguir una y otra vez el trazo en «M».

—Me puse muy nerviosa cuando llamaste —dijo.

—¿Creíste que nos descubriría tu novio? —pregunté burlón.

Besó la palma de mi mano y la soltó.

—No, eso no me importa. Me puso nerviosa que hablaras tú.

Se acostó y colocó su cabeza sobre mi regazo.

—El miércoles que me dejaste plantada tuve miedo.

—¿De?

—De que ya no quisieras verme.

Me incliné y la besé en el mentón. Con frecuencia ella temía que la abandonara bajo cualquier pretexto.

—No pienses en tonterías —le dije.

Se escucharon pisadas en la planta superior de la casa. Rebeca se irguió y dobló la cabeza tratando de identificar la procedencia del ruido.

—Es Sancho —exclamó aliviada.

Sancho era el perro. Un can enano que, a pesar de ser de raza infame, no fastidiaba ladrándole a lo que se moviera.

Rebeca volvió a recostarse sobre mis piernas.

—¿Qué día murió Gregorio?

—El martes por la tarde. Por eso no llegué el miércoles.

—Olvida lo del miércoles —dijo y me besó.

Hablar de Gregorio empezó a serme difícil.

—¿Cuándo lo enterraron?

No pude responder. Sancho husmeó por debajo de la puerta. Rascó con la pata y volvió a alejarse.

—¿Lograste verlo antes de que muriera?

Asentí.

—¿Se reconciliaron?

Cómo explicarle que no se trataba de enmendar malentendidos, ni solucionar desavenencias comunes entre amigos. No se trataba de reconciliarnos, sino de perdonarnos. Perdonarnos: ¿cuándo podríamos ahora perdonarnos?

Tuve una súbita ansia de llorar, de mostrarme frágil ante la mujer de los hombros blancos, de correr a exprimir las cenizas de Gregorio para extraerles aunque fuera una palabra más.

Rebeca me miró sin entender. Se enroscó a mi cintura y así, sin entender, lloró por mí.

CESÓ LA LLUVIA. Transcurrieron una, dos horas inmóviles. No hablamos durante ese lapso. Ella se había deslizado los tirantes del camisón. Aparecieron sus senos, blancos como sus hombros. Con mis dedos hice círculos sobre los pezones erectos. Sin prisa, sin deseo.

Ella me besó y se desnudó. Sin quitarme la ropa me dormí sobre su pubis.

Desperté cuando ella se movió.

—Se me acalambró la pierna —dijo risueña.

—Perdón —le dije y mordí el delgado pliegue sobre su vientre.
Me incorporé y ella pasó sus dedos por entre mi cabello. Abracé
su cuerpo desnudo.

—No puedo creer que estés aquí con mis papás durmiendo
arriba. Somos unos cínicos.

—No, no lo somos.

Se separó de mí y echó su nuca hacia atrás.

—¿Sabes qué? —preguntó.

—Mmmhh.

—Estoy enamorada de ti.

Suspiró y puso mi mano sobre su pecho.

—Siéntelo —dijo.

Bajé la mano, despacio, recorriendo su desnudez. Al llegar a la
entrepierna la atrapó cerrando los muslos.

—Ya no puedo quererte tanto —susurró—, te amo demasiado.

Me miró a los ojos y se mordió los labios.

—Ya no voy a verte más —dijo con determinación.

—¿Por?

Me besó en la boca y refregó el aroma de su cuerpo desnudo
sobre el mío.

—Ya no puedo —musitó—, de verdad: no puedo.

Se apartó de mí, se vistió, se cubrió con el rebozo y subió las
escaleras rumbo a su cuarto.

SALÍ AL JARDÍN. Una niebla tenue se extendía sobre la copa
de los árboles. Gotas de agua percutían en los dinteles de las ventanas con una cadencia irregular y del pasto emanaba una densa
humedad.

De entre las sombras emergió una mariposa negra. Cruzó el
haz de los reflectores y volvió a la noche. De niño coleccionaba

mariposas como ésa. Las atrapaba cogiéndolas de la punta de las alas y les clavaba un alfiler sobre un pedazo de cartón donde morían aleteando desesperadas.

Sancho se asomó por la puerta entreabierta y se sentó junto a mí a observar el jardín. De su collar pendía una placa metálica con su nombre y la dirección y el teléfono de Rebeca. Me agaché, le di unas palmaditas en el lomo, torcí la cadenilla y desprendí la placa. La apreté en mi mano y la guardé dentro de la bolsa del pantalón.

Cargué a Sancho, lo deposité en el parqué del recibidor y cerré la puerta.

Rebeca y yo nunca más hicimos el amor.

La ALARMA DEL automobil del gordo sonó con claxonazos agudos cuando abrí la puerta. Logré desactivarla después de oprimir en el pulsador toda gama de combinaciones posibles. Ignoro en qué momento la hice funcionar.

Encendí la marcha. El reloj del tocacintas indicaba las cuatro y diecisiete A.M. Ajusté el cinturón de seguridad y manejé hacia mi casa.

No encontré a nadie en el parque a quien dejarle el auto. Sólo quedaba en las canchas un reguero de vidrios color ámbar. Hurgué en la cajuela de guantes para indagar el domicilio del gordo en la tarjeta de circulación. Vivía doce cuadras abajo, al extremo de la colina.

—Carajo —pensé—, de regreso caminando y para arriba.

Estacioné el carro frente al número cincuenta de la calle del Pino y arrojé las llaves dentro del buzón. Cayeron en el fondo con estruendo metálico y me alejé de prisa.

• • •

EN LA COCINA mi madre había dejado otro platón de sándwichs, preparados sin cebolla. Adjunta una nota: «Manuel: espero que éstos sí te gusten. Besos. Tu mamá».

Mi madre siempre sintiéndose culpable. Cuando trabajaba: por descuidar a sus hijos. Cuando nos atendía: por abandonar su carrera profesional. Tajante como era, vivió a medias, sin hallar su sitio en uno u otro lado. «Sólo sirvo para hacer bien una cosa a la vez», le oí decircle a mi padre mientras discutían. A fin de cuentas, en el péndulo de sus decisiones, Luis y yo salimos perdiendo: ella nunca estuvo con nosotros, aunque estuviera junto a nosotros.

Me acodé sobre la mesa a comer los sándwichs. Los mismos sándwichs de toda la vida: dos rebanadas de pan tostado, untadas con mayonesa, un poco de mostaza y rellenas de hebras de pechuga de pollo cocida. A veces traían trozos de lechuga, pepinillos agridulces, rodajas de jitomate y, muy frecuentemente, aros de cebolla.

Los recuerdo en bolsitas de plástico dentro de mi lonchera, para la hora del recreo. Como único refrigerio en días de campo, como plato fuerte en fiestas o reuniones. En desayunos, comidas, cenas. Sándwichs y más sándwichs. No los detesto, como le sucede a Luis. Al contrario: cuando viajo los añoro. Añoro su sabor plano, familiar, tanto como posiblemente añoro mi casa.

TOMÉ MI LIBRETA y repasé todos los mensajes acumulados al cabo de dos años. Cuotas de mi pasado compendiadas en quién llamó, a qué hora y con qué motivo. Mi pasado.

Entre las decenas de llamadas de Gregorio resaltaban dos.

Una, la que realizó desde el hospital el primero de octubre, hacía año y medio, aprovechando la única conferencia telefónica a la que tenía derecho esa semana (tres minutos, ni uno más, cada siete días). El mensaje que dejó fue conciso: «No hay disputa.» Así de llano.

«No hay disputa por *this* puta», me dijo Gregorio días antes en el hospital cuando por fin tuve el valor de confesarle (más bien confirmarle) mi relación con Tania. Parecía haber preparado la frase justo para pronunciarla en ese momento.

—Estamos por encima de esto ¿o no? —dijo con calma.

—Estamos —le respondí.

Se le veía tranquilo, con esa tranquilidad que sólo brindan altas dosis de sedantes. Se me acercó al oído.

—No hay disputa.

Los enfermeros le cogieron de los hombros y lo hicieron hacia atrás.

—Te creo —le dije.

Chasqueó la lengua.

—No, no me crees.

Cierto: no le creía. Un médico entró al cubículo e indicó el fin de la visita.

—No hay disputa —dijo a modo de despedida.

Se retiró (¿a su cuarto? ¿a su celda? ¿a su qué?) seguido de cerca por los enfermeros. Volvía a las sesiones de *electroshock,* a las paredes acolchadas, a las mañanas de jeringas y pastillas, a los telefonazos de tres minutos cada ciento sesenta y ocho horas, a las tardes sin Tania, al paisaje contemplado desde rendijas, a los pasillos iluminados las veinticuatro horas, a luchar a solas contra las ventiscas de su locura.

La otra llamada de Gregorio que sobresalía en mi libreta la recibió mi hermano el veintidós de febrero a las cuatro de la tarde con diecisiete minutos. Gregorio no dejó recado, aunque dos horas después, con un balazo, nos mandó un mensaje a todos.

Arranqué de la libreta las hojas correspondientes al primero de octubre y al veintidós de febrero. Las doblé y las guardé en un compartimiento de mi cartera.

ENTRÉ A MI cuarto procurando no hacer ruido. Me desvestí maquinalmente. Aún quedaba en mi rostro la sensación del vello púbico de Rebeca, su vaho, su aroma. La extrañé.

Ella prefirió dejarme antes que perderme. En ese momento me pareció un sinsentido. Ahora comprendo que no es así.

Me lavé los dientes, me enjuagué la cara y me rasuré. Cuando salí del baño me encontré a mi padre sentado sobre mi cama.

—¿Cómo te fue? —preguntó.

—Bien.

—Nos hubieras avisado dónde ibas a estar.

—No lo sabía, estuve dando vueltas por ahí.

Con su mano invitó a sentarme junto a él.

—Habló la mamá de Tania.

—¿Y?

—Ya saben dónde está.

Me pesó que la hubieran encontrado antes que yo.

—Desde anteayer se quedó a dormir en casa de una amiga suya, Mónica Abín ¿la conoces?

—Sí.

—Sus padres van a ir a buscarla a las ocho y media de la mañana.

Miré el reloj despertador y sonrió.

—Dentro de tres horas —dijo.

Sonreí yo también. No tardaba en amanecer.

—¿Cómo está?

—Me imagino que bien.

Se puso de pie y con la yema de su índice derecho dibujó un óvalo sobre mi frente. Así solía hacer para tranquilizarme cuando de niño me despertaban las pesadillas.

—¿Piensas ir a verla?

No le respondí.

—Duérmete que ya es tarde —ordenó.

Caminó hacia la puerta y se detuvo en el quicio.

—¿Apago la luz?

Asentí.

—Buenas noches —dijo.

La habitación quedó a oscuras. Oí sus pisadas recorriendo el pasillo. Me envolví con las cobijas y lloré.

ME DESPERTÓ EL ruido de un automóvil. De momento no supe si era de mañana o de tarde. Me tallé los ojos y me levanté. El reloj despertador marcaba las cinco y veinte. Había dormido casi doce horas, las tres primeras con sobresaltos. Dos o tres veces me levanté estremecido: había vuelto a percibir las exhalaciones de la bestia oscura. De nuevo próximas, espectrales, furiosas.

No obstante me desperté relajado. Mi último sueño había sido apacible. En éste Gregorio y yo contábamos aún con trece años. Veíamos a Tania jugar voleibol en la cancha ubicada en el patio central de la escuela. Ella y sus amigas apenas eran unas muchachitas. Con dificultades controlaban el balón y lo pasaban por encima de la red. Alarid, el profesor de deportes, les llamaba la atención con silbatazos y, a la distancia, les corregía la técnica. Tania reía, divertida. Se sabía observada, gravitando sobre los demás, como de costumbre.

Al terminar el juego, el público en torno a la cancha empezó a desperdigarse. Frente a mí cruzaron compañeros y compañeras de la secundaria a quienes quise mucho y de los cuales no volví a saber: Nayeli Osio, a la que quería como mi hermana, Denisse Cooley, Sonia Aranda, Rafael Hernández, James Zapata, Joel, Carlos, George, Rosa Silva, Mónica Márquez, Giselle, Gina, Ada, Rosa María Butchfield, Gaby Ricoy. Me alegraba verlos. Deseaba preguntarles cómo les iba, qué había sido de ellos, pero no me atrevía a hablarles. Tampoco Gregorio. Caminaban ensimismados. Sólo Tania nos miraba a nosotros dos.

ME INCORPORÉ A buscar la fotografía de mi grupo de secundaria. La hallé arrumbada en un rincón del clóset, bajo zapatos de fútbol y guantes de box. Le soplé para desempolvarla. Ahí estaba cada uno de nosotros. Habitando otros cuerpos, otras caras, otros gestos. Tania sentada al centro, en la primera fila, con el suéter arremangado, ladeando el rostro, mirando al fotógrafo, no a la cámara. Arriba, Gregorio mirando sin mirar, ajeno al acto. Yo parado junto a él con el puño derecho apretado, el copete sobre los ojos, sin sonreír.

¿Sabría el resto del grupo que Gregorio estaba muerto? ¿Lo sabría Mónica Márquez que, en una ocasión, le pegó una cachetada?

¿Carlos Samaniego, quien le convidó una paleta de limón y que, por timidez, Gregorio no se resolvió a aceptar? ¿Vera, que le prestaba sus apuntes de matemáticas? ¿Luis García Kobeh, quien lo invitó un fin de semana a vacacionar a Valle de Bravo? ¿Lo sabrían? ¿Les importaría?

Muchos de ellos acabaron temiéndolo. Otros terminaron seducidos. Los más quedaron confundidos. Gregorio no manifestó durante la secundaria indicios de lo que vendría después. Nadie, ni siquiera yo mismo, lo pudo prever. ¿Quién podría adivinar que ese muchacho retraído se volcaría tan de súbito hacia los extremos? ¿Quién explicar qué lo condujo a esa realidad aparte? ¿Quién?

. . .

ABRÍ LAS CORTINAS. La tarde era clara, con un sol brillante, aunque por el norte se aproximaba una masa de nubes grises. «Cumulus congestus» con tendencia a formar «cumulonimbus». Tempestad segura conforme a lo que alguna vez explicó en clase Jaime A. Bastos, mi profesor de geografía —y uno de los pocos verdaderos maestros que tuve—, quien intercalaba citas de Shakespeare con métodos —tanto científicos como intuitivos— para pronosticar la lluvia.

Mi madre había metido por debajo de la puerta una hoja con mis recados telefónicos. Había llamado Margarita dos veces y pedía que me comunicara con ella lo antes posible. También había hablado el doctor Macías. De nuevo dejó la serie de números telefónicos donde podía localizarlo.

«BROTE PSICÓTICO» FUE como en primera instancia definió el doctor Macías el repentino cambio en la personalidad de Gregorio. Auguró una recuperación a mediano plazo y pidió a familiares y amigos apoyo y paciencia. Explicó que la vida de Gregorio oscilaría entre periodos de normalidad y ocasionales recaídas, aunque no aclaró a los padres ni la duración ni la gravedad de estas últimas. Sencillamente no les advirtió a lo que se iban a enfrentar.

Cuando los días «sanos» de Gregorio fueron cada vez más escasos, Macías procuró disfrazar la locura progresiva e incontenible con términos psiquiátricos ambiguos: esquizofrenia, estados paranoicos, rasgos maniaco-depresivos, bla, bla, bla. En cada junta con los padres exponía una nueva tesis, confundiéndolos y desolándolos aún más.

• • •

CUATRO MESES ANTES del suicidio, Macías y su equipo de médicos sostuvieron que Gregorio avanzaba hacia una rehabilitación completa y que pronto podría incorporarse a una vida normal. Gradualmente redujeron los periodos de aislamiento, la dosificación de psicotrópicos y las medidas correctivas. Hasta liberarlo. No se percataron que Gregorio había aprendido a simular los síntomas de mejoría que los psiquiatras premiaban: la sonrisa fácil y afectuosa, la charla fluida, los gestos mesurados, la mirada atenta, la actitud reposada. Resquebrajado por dentro, supo proyectar hacia fuera sus artificios de camaleón y —difícil de creerlo— los engañó.

Lo soltaron pese a la oposición de la madre que sabía ficticio el cambio de su hijo. Los psiquiatras insistieron: los progresos son reales y sostenidos. Ofrecieron, además, una supervisión continua y cercana. «No se preocupe —concluyo Macías— su hijo va por buen camino».

Así Gregorio se libró de los pasillos de hospital alumbrados día y noche, de los enfermeros que lo sometían con rudeza, de los fármacos que lo embrutecían. Quedó libre para vaciar sobre sí mismo toda su furia de Rey Midas destructor.

Y venció venciéndose.

SALÍ DEL CUARTO y no encontré a mis padres. En una nota me avisaban que habían ido al supermercado y que regresarían al anochecer.

Saqué del clóset la caja de Gregorio. Me puso nervioso: revisar su contenido suponía una tarea que me sobrepasaba. Significaba enfrentar la crónica final de su locura y —quizás— desentrañar los motivos que le llevaron a matarse en el baño de su recámara precisamente el veintidós de febrero a las seis y diecisiete P.M.

Era claro que Gregorio previó que Margarita no se atrevería a abrir la caja. Se la había entregado para hacérsela llegar a otro. Ella había sido el correo para alcanzar a alguien más. Puedo apostar que a Tania o a mí.

Destapé la caja. Encima venía el sobre con las fotografías. Eran veintidós, de las tomadas con camarita instamática. Estaban impresas en color. Algunas borrosas, otras sobreexpuestas. Todas de fecha reciente. Gregorio figuraba junto con enfermeros y médicos en los jardines y patios del hospital psiquiátrico. Predominaban los rostros sonrientes y al parecer festejaban la partida final de Gregorio de ese lugar.

Llamó mi atención que en doce de las fotos Gregorio apareciera al lado de otro paciente vestido con bata azul. Un hombre rayando en la treintena y a quien yo no conocía. Era pelirrojo, con cabello largo y rizado, alto, robusto y de mirada blanda. Salían abrazados como si entre ambos mediara una gran amistad.

DEJÉ LAS FOTOGRAFÍAS. En la caja se hallaban los cuatro paquetes, atado cada uno con un listón de diferente color: verde, azul, rojo y negro. La elección de las cintas no era casual. Debía haber una intención, un orden premeditado. ¿Cuál paquete abrir primero?

Ni el paquete con el listón negro debía hacer referencia a la muerte, ni el rojo a la sangre. No, las claves de Gregorio no eran tan burdas. Los paquetes con el contenido más amenazante debían ser el verde, por tratarse de un color neutro, o el azul, por representar el aliento del búfalo de la noche (no en vano Gregorio insistió en que nos tatuaran con tinta azul).

Mis sospechas me parecieron fantasiosas y paranoicas. ¿Qué sentido tenía otorgarle a Gregorio propósitos post mórtem? De nuevo pensé en cerrar la caja y echarla a la basura. Además: ¿para qué enfrascarme en un juego con un adversario literalmente reducido a cenizas? Pero ¿y si la caja en verdad planteaba un desafío?

Tania no se había equivocado: Gregorio aún no terminaba de morirse.

EMPECÉ POR EL paquete con el listón negro. Arriba venía una servilleta plegada. La desdoblé y la extendí sobre la cama. Transcritas venían dos frases de una vacua canción de moda: «Cerca de ti todo es nuevo, / es estar en el centro del fuego».

No las había escrito Gregorio. Tampoco parecía letra de mujer. Más bien era una escritura indefinida, sin personalidad. La siguiente era una hoja de cuadrícula arrancada de un libro contable. También traía estribillos de baladas copiados con la misma caligrafía mediocre: «Te siento en mi corazón, / sangre ardiente, / lento fluir / de tu amor sin fin».

Así hallé diversos papeles hasta que me topé con un retrato ovalado, tamaño credencial, en blanco y negro, de los que suelen utilizarse en documentos oficiales. A pesar de que mostraba un rostro delgado y adolescente, no me fue difícil reconocer al pelirrojo que acompañaba a Gregorio en las fotografías.

Detrás del retrato venían escritos —con los mismos trazos ramplones— un nombre y una fecha: Jacinto Anaya, diecisiete de junio de mil novecientos ochenta.

Todo indicaba que era él quien había transcrito las frases cursis de amores perdidos, reconciliaciones idílicas, besos en la playa. ¿Por qué los había conservado Gregorio? Descarté la posibilidad de un vínculo homosexual. Gregorio era homofóbico. ¿Entonces?

· · ·

EN TOTAL CONTÉ diecisiete papeles con cientos de frases reproducidas. Durante hora y media las acomodé tratando de resolver un probable crucigrama. Nada: las frases no embonaban unas con otras. Separé las palabras y las uní en nuevas oraciones en busca de un entramado más coherente. Tampoco.

Acabé con dolor de cabeza sin lograr esclarecer una sola de las alegorías ocultas en esas frases simplonas. Llamé a Margarita para preguntarle si sabía lo que significaban. Nadie contestó en su casa.

Mis padres llegaron y, unos minutos después, mi madre tocó la puerta. Habían comprado pan de dulce y me invitaba a cenar con ellos.

Nos sentamos en el desayunador. Mi padre y yo en los extremos. Mi madre al centro. Había variedad de panes: cocoles, cuernitos, conchas. No había mi favorito: polvorones. Mi padre se disculpó argumentando que no sabían si iba a merendar con ellos. Añoré las noches en las cuales me compraban polvorones, sin importarles si los acompañaba o no a cenar.

Mi padre habló sobre algunos problemas en su trabajo. Lo tenía harto una compañera suya, gorda y fea, que tenía la maña de construir su vida recogiendo pedacería de la vida de los demás. Se sentaba en su escritorio a fiscalizar conversaciones ajenas, a registrar quién entraba o salía de tal o cual oficina, a imaginar amoríos donde no los había. Mi madre señaló que no había de qué preocuparse.

—Mujeres así abundan —dijo—. Son casi parte del mobiliario.

Reímos y callamos.

De la casa de al lado provino música a todo volumen. Mi padre se quejó. Cada fin de semana era lo mismo. Música y relajo que no lo dejaban dormir. La culpable era Vanessa, la hija de los vecinos, una muchacha que cada sábado por la noche organizaba reuniones preparatorianas.

En otras circunstancias me hubiera quejado igual que mi padre pero guardé silencio para escuchar la letra de la canción que en ese momento tocaban. No identifiqué ninguna de las frases transcritas por Jacinto Anaya.

Mi padre pegó con el puño en la pared. Era parte del ritual de los sábados. La muchachita bajó el volumen de la música pero a los diez minutos ya le había subido de nuevo.

—¿Cuándo aprenderá esa niña? —se lamentó mi padre.

—Cuando tenga novio —respondió mi madre.

Cierto: a Vanessa le hacía falta alguien que le desabotonara la blusa y le acariciara los bultitos bajo el sostén. Sólo así se estaría en paz.

SONÓ EL TELÉFONO. Contestó mi madre y, tapando la bocina, me susurró que se trataba del doctor Macías. Con señas le pedí que me negara. También con señas me hizo saber que no lo haría. Con fastidio tomé el auricular.

Era el mismo Macías, y no su secretaria, que se comunicaba. Con su voz tipluda me pidió que fuera a verlo. «No puedo esta semana, tengo exámenes», le expliqué. «Es un asunto urgente», insistió. Quedé en visitarlo el lunes a las seis de la tarde, en su consultorio.

—Entiendo que no quieras ir al hospital —comentó con su tono paternal y pedante, suponiendo que el hospital me traería recuerdos dolorosos. En realidad preferí su consultorio privado por quedarme más cerca de la casa, aunque de todos modos no pensaba ir.

• • •

LO HABÍA VISTO en tres ocasiones. En la primera me citó en su despacho de subdirector del hospital psiquiátrico. Después de hacerme esperar dos horas me hizo pasar y me invitó a sentarme sobre una silla tapizada con cuero negro. Se quedó de pie, me miró por encima de sus gafas y en cinco minutos —como si recitara la cantaleta de un guía de turistas— me explicó que para poder ayudar a Gregorio era necesario primero ayudarnos nosotros mismos. Me sugirió que recurriera a algún tipo de terapia psicológica, «la cual con gusto te la puede brindar a bajo costo cualquiera de nuestros especialistas». Lo mismo le dijo a Joaquín, a Margarita y a Tania.

En la segunda nos encontramos por casualidad en uno de los jardines del hospital. Caminamos juntos un trecho y luego Macías se detuvo. Inició una charla afable que derivó en un agresivo tiroteo de preguntas: ¿Cómo te llevas con Gregorio? ¿Cómo se siente?

Por su actitud quedaba en claro que en el ajedrez médico-paciente Gregorio le estaba ganando la partida y que Macías recopilaba afanoso la mayor información posible para poder enfrentarlo. Inventé gran parte de mis respuestas, pero me cuidaba de darles un cariz de verosimilitud. En cada una Macías asentía con gravedad. «Ahora entiendo», «por supuesto», «sí, ya me lo imaginaba».

Su pregunta final giró en torno a la recurrente obsesión de Gregorio por las tijerillas. Ésa sí la contesté con la verdad, y fue la única que Macías no me creyó.

La tercera y última ocasión en que me reuní con él fue en su oficina. Me recibió con suspicacia. Me consideraba un aliado de Gregorio inclinado a sabotear su labor de psiquiatra, alguien a quien había que tratar con severidad.

Durante media hora me sermoneó sobre la importancia de colaborar con los médicos en la rehabilitación del paciente. «Son ustedes, sus amigos, los que deben apoyarlo y vigilarlo cuando permanece fuera del hospital», dijo elocuente. Varias veces enfatizó la frase «tenemos que anclarlo» (frase que no sonaría mal en una balada romántica: «Nuestro amor, tenemos que anclarlo, día y noche, tenemos que anclarlo»). Cuando le pregunté que anclarlo a qué, Macías me escrutó con dureza. «No hay que pasarse de listos», masculló con una sonrisa forzada.

Cuantas veces coincidí con él procuré cubrir los restos del búfalo azul. No quería que me interrogara de más.

DURANTE LA SECUNDARIA protegí y cuidé a Gregorio. Como él era retraído y callado, a varios les placía acosarlo. Él no se defendía y se dejaba humillar. A mí me enfurecían tales abusos y, en múltiples ocasiones, peleé por él. Perdí la mayor parte de las veces, porque Gregorio era la diversión de muchos y entre muchos me partían la madre.

Gregorio obtenía buenas calificaciones sin necesidad de estudiar demasiado. Era un alumno apreciado por los profesores, aunque poco conocido por ellos. «Es invisible» —le oí decir al profesor de Matemáticas—, «no se nota, no se siente y sólo sé que existe cuando paso lista».

Así transcurrieron los tres años de secundaria y casi completó el primero de preparatoria. Fue en los últimos meses de ese periodo escolar cuando sobrevino el cambio furioso e irreversible. Todo empezó en una clase de Química con una intrascendente pregunta del maestro: «¿Cuál es el ácido que contienen los chiles que los hace picar tanto?». Desde la parte posterior del salón se escuchó la respuesta de Gregorio: «El ácido chilhídrico». Se escucharon risitas. Arrogante, Gregorio repitió su chiste. El profesor se le quedó mirando, incrédulo. Jamás Gregorio se había comportado así. En represalia, el profesor le bajó dos puntos sobre su calificación mensual y escribió una amonestación en la temida hoja de reportes, misma que el conserje recogía al final del día y llevaba a la oficina del director. Dos amonestaciones significaban la expulsión del alumno por tres días.

Al terminar la clase, el profesor dejó el reporte sobre el escritorio, sitio donde ningún alumno podía tomarlo si no era bajo el riesgo de ser botado de la escuela durante una semana completa. Al salir el maestro, Gregorio cogió la hoja, la rompió en pedacitos y la diseminó como confeti sobre los pupitres. A los demás les pareció una mera payasada, el berrinche de un hijo de mami.

Por la tarde pasé a verlo a su casa, aún sorprendido por su acto de rebeldía. Me recibió feliz, orgulloso. Cuando le pregunté por qué lo había hecho, me mostró el dedo medio de su mano izquierda. Bajo su uña se adivinaba una raya morada.

—¿Qué te pasó? —inquirí.

Se aproximó. En voz baja me hizo prometer que guardaría el secreto.

—Por ahí se me metió una tijerilla.

Me explicó que la tijerilla había recorrido las arterias de su cuerpo y a su paso las había ensanchado.

—Ahora me llega más sangre al cerebro —aseguró festivo—, más oxígeno, más luz…

Reí pensando que trataba de tomarme el pelo, pero él cambió para nunca más volver a ser el mismo.

Todo esto fue lo que expuse al doctor Macías y no me creyó.

DESPUÉS DE CENAR subí a mi cuarto. Ordené de nuevo los paquetes dentro de la caja y la guardé en el clóset. Bastaba de acertijos ese día.

Por la ventana observé la sucesión de relámpagos que preludiaban una tempestad. El cielo se encontraba más oscuro que de costumbre. Suele decirse que así se ennegrecen las noches antes de un gran temblor.

Apenas iban a dar las nueve y no tenía sueño ni ganas de salir a la calle. No anhelaba una noche de hastío mirando programas de concurso españoles, ni noticieros amarillistas, pero tampoco concebía mejor manera de evitar el tedio.

Deseé telefonear a Tania, pero me contuve. Ella requería de tiempo —su propio tiempo— para restañar a su modo las heridas. No era necesario presionarla. Ella volvería; como siempre, volvería.

Encendí el radio y sintonicé estación por estación tratando de localizar alguna de las frases anotadas por Jacinto Anaya. Quizá escuchando las baladas completas podría rescatar el sentido de lo que Gregorio pretendía comunicar.

Se desató una granizada y le apagué al radio. Los techos y los muros resonaron. Los vidrios de la ventana parecían tronarse con cada impacto y el golpeteo de las canicas de hielo contra el tragaluz del baño provocó un ruido cerrado, aturdidor. Me asomé a la calle. Con rapidez el pavimento se tapizó de blanco. Los carros avanzaban con precaución y las marcas que las llantas dejaban tras de sí eran de inmediato cubiertas por una nueva capa de granizo. A mi izquierda, a lo lejos, descubrí a un viejo que se enconchaba contra la barda de un lote baldío intentando protegerse.

Durante algunos instantes la energía eléctrica fluyó discontinua. Los focos titilaron débilmente y la luz del cuarto adquirió un tono ambarino. Era una luz semejante a la que emitía una pequeña lámpara que mi madre dejaba encendida por las noches cuando Luis y yo éramos niños. Una luz cálida, envolvente, que me hizo sentir bien.

Finalizó la granizada y quedó una lluvia fina, silenciosa. Sólo se escuchaban las ramas de los árboles raspando contra las paredes al agitarse con el viento.

Después de varios minutos el voltaje se normalizó y se disipó la luz de mi infancia. Al poco rato mi madre tocó a la puerta para avisarme que Margarita me hablaba por teléfono. Conecté el aparato en mi cuarto y contesté.

—Bueno.

Margarita no respondió, parecía hallarse distraída.

—Bueno —repetí.

—¿Por qué no me llamaste antes? —reclamó sin preámbulos. Aunque me molestó su reproche, traté de justificarme.

—Marqué dos veces, pero no...

De pronto me interrumpió.

—Desde hace tres horas Tania estacionó su coche frente a mi casa.

—¿Qué?

Margarita prosiguió sin hacer caso a mi pregunta.

—Todo el tiempo se la ha pasado ahí encerrada. Hizo lo mismo ayer.

—¿Estás segura?

—Justo ahorita la estoy viendo desde mi ventana.

Me turbé. Imaginaba a Tania en su casa, tranquila al lado de sus padres. Margarita me explicó que en dos ocasiones había salido a intentar hablar con ella, pero que Tania había huido para volver veinte o treinta minutos después.

—No ha hecho más que quedarse sentada mirando por el parabrisas —agregó.

Resolví ir a buscarla. Me vestí deprisa, me puse un suéter grueso y le pedí a mi padre que me prestara su automóvil. Me entregó las llaves sin hacer preguntas.

· · ·

AVANCÉ A TODA velocidad. La llovizna aún no había cedido. Pilas de granizo se acumulaban en la orilla de las aceras. Las calles quedaron sucias de lodo, ramas y hojas. En el cruce de Barranca del Muerto con Periférico se formó un embotellamiento. Lo libré recorriendo un tramo por arriba de la banqueta ante la mirada indolente de dos policías de tránsito.

Llegué y me estacioné a media cuadra de la casa de Gregorio. Era mejor aproximarme a pie, con cautela, para que Tania no se marchara al verme arribar.

La encontré recostada sobre el volante. Su cabello caía de lado cubriéndole el rostro. Con una moneda toqué en la ventanilla. Giró lentamente y me contempló a través del vidrio empañado. Pensé que se iría. Bajó la ventanilla unos centímetros y sacó dos dedos. Los tomé con mi mano.

—Estás frío, súbete —dijo.

Accionó el dispositivo para quitar los seguros y di vuelta al carro. A contraluz descubrí la silueta de Margarita atisbando desde la ventana. Con un ligero movimiento de cabeza le hice entender que todo iba bien.

Abrí la portezuela y entré. En el interior del auto el ambiente era tibio, confortable. Se percibía un vago olor a cigarro. Tania estiró su brazo y apagó el reproductor de discos compactos. Luego colocó su mano sobre el asiento, la abrió y se la tomé.

Me miró a los ojos. Se le veía cansada pero entera. No parecía haber llorado.

—¿Cómo sabías que estaba aquí?

—Era el último lugar al que me faltaba venir —contesté con falso humor.

Apretó mi mano y respiró hondo.

—Yo también te estuve buscando —dijo.

La jalé hacia mí y la abracé. Con docilidad se acomodó en mi pecho. Le besé la nuca.

—¿Y qué haces aquí? —le pregunté.

—Esperando a que llegaras.

Alzó la cara y me besó en la boca. Un automóvil enfiló por la calle y nos alumbró de lleno. Tania se separó de mí y observó al vehículo seguir de largo.

—Es el tercero en una hora —dijo con una sonrisa.

Volvió a besarme. No eran los suyos besos tensos sino dulces, relajados.

—Te extrañé —dijo y me estrechó.

Al hacerlo su blusa se levantó y quedó al descubierto una franja de su cintura. La acaricié con el índice derecho. Su piel se erizó.

—Estás helado —dijo.

Desfajé el resto de la blusa y puse mi mano contra su abdomen. Ella gimió con suavidad. Sentí su respiración acompasada, los latidos de su corazón, su piel caliente enfriándose al contacto con la mía.

—Estás helado, Manuel, saca la mano.

Oprimí su vientre. Su estómago se contrajo.

—Sácala —musitó.

Bajé la mano y bruscamente la introduje dentro de su pantalón. Con la yema de los dedos rocé su vello púbico.

Tania se enderezó y volvió a mirarme a los ojos.

—Por favor Manuel, quítala de ahí.

Saqué la mano. En mis dedos quedó el vestigio de su calor y las pulsaciones de su cuerpo. Sus ojos se humedecieron, pero siguió mirándome con fijeza.

—¿Dónde te habías metido? —le pregunté.

No respondió. Levemente frunció los labios.

—¿Dónde? —insistí.

Con el dorso de la mano acarició mi mejilla y la cruzó por el puente de mi nariz. Con lentitud me impulsé hacia atrás. Su mano quedó en el aire. Volteó su cara y miró hacia el frente. El cristal del parabrisas se hallaba plagado de gotas de lluvia. Tania hizo funcionar los limpiadores a media velocidad y con los ojos siguió el ir y venir de los hules sobre el vidrio.

Giré las llaves y las quité del encendido. Los limpiadores quedaron inmovilizados a mitad del parabrisas.

—Me puedes contestar.

Tania bajó la cabeza y suspiró.

—Anduve por ahí.

—¿Por qué?

—No sé.

Quedamos en silencio, apartados. El vaho de ambos empañó aún más los cristales. Se escucharon las pisadas de alguien corriendo por la banqueta, pero no alcanzamos a verlo. Tania extendió el brazo izquierdo y me mostró el reloj sobre su muñeca: marcaba las diez y media. Era un reloj que Gregorio le había regalado una Navidad.

—Me tengo que ir —dijo—. Ya es tarde y le prometí a mis papás regresar antes de las diez y media.

—Te desapareces durante días y ahora te preocupa mucho llegar a las diez y media. Háblales y avísales que vas a regresar más tarde.

—No puedo.

—Pudiste hacerlo dos noches seguidas, no veo por qué no puedas hacerlo una tercera.

Por más que la insté se rehusó. Se negó también a que la siguiera a su casa. Le devolví las llaves de su coche.

—¿Estás segura?

Asintió. Abrí la portezuela.

—¿Lo sabes? —preguntó antes de que descendiera del auto. En la fórmula de nuestras despedidas, la pregunta significaba:

«¿Sabes cuánto te amo, verdad?». Debía contestarle: «Sí, lo sé», con seguridad, como acostumbraba hacerlo noche tras noche.

—No lo sé —respondí. Me dolió decirlo, pero de verdad no lo sabía.

Me miró a los ojos (su mirada, siempre su mirada).

—Deberías saberlo —dijo—, porque te amo más que nunca.

—¿Escondiéndote?

Se mordió los labios, metió los dedos por debajo del puño de mi camisa y acarició mi muñeca.

—Sí, escondiéndome.

Intenté bajarme del auto, pero ella me retuvo aferrando mi codo.

—Me estoy mojando —argüí.

Sus ojos se humedecieron de nuevo.

—Estoy escondiéndome de mí misma, no de ti —susurró. Apenas me besó en los labios y retrocedió.

—Te veo mañana —dijo.

Arrancó y su automóvil se perdió en la noche lluviosa.

ME PARÉ BAJO la ventana del cuarto de Margarita y le arrojé varias piedritas. Abrió la ventana y se asomó.

—¿Quieres pasar? —preguntó.

Negué con la cabeza.

—¿Entonces?

—Ven.

Me miró con extrañeza. Había pronunciado el «ven» con el tono furtivo de antes.

—Ven —insistí.

Margarita me observó indecisa.

—Espérame —dijo.

Fui por el coche y lo estacioné en la acera contigua a su casa. En nuestras anteriores citas clandestinas Margarita solía escaparse por una puerta que daba al jardín, pero en esta ocasión apareció por la puerta principal.

Salió vestida con unos ajustados *pants* grises, protegida por un paraguas rojo. Su cuerpo irregular se pronunciaba bajo la tela de algodón: caderas anchas, nalgas planas, piernas largas, senos grandes.

Un cuerpo que siempre me gustó, sin perfecciones que lo arruinaran.

Toqué el claxon y Margarita corrió hacia el auto.

—¿Qué pasó? —preguntó.

—Nada.

Abrió la ventanilla y sacudió el paraguas.

—¿Adónde vamos? —preguntó.

Me alcé de hombros.

—No sé.

—Está bien —suspiró.

DIMOS VUELTAS POR la ciudad sin rumbo fijo. Escuetamente le relaté mi encuentro con Tania. Me oyó silenciosa, sin interrumpir. Al acabar nos quedamos callados y no hablamos el resto del trayecto.

Aunque habíamos prometido no volver a acostarnos juntos, esa noche terminamos frente a la entrada de un motel ubicado en la carretera libre a Toluca. Cuando el hombre que nos guió al cuarto nos cobró, tuvimos que retirarnos. Ninguno de los dos llevábamos suficiente dinero.

Pensé en llevarla al 803, pero no me atreví. Me sentí culpable, incluso. Era casi como vulnerar mi lecho conyugal, mi espacio más privado.

Seguimos dando vueltas sin atinar a dónde dirigirnos. Excita-

dos ella comenzó a lengüetear mi oreja y yo a sobar su entrepierna. Me detuve en una farmacia a comprar condones. Apenas
junté lo necesario para pagarlos.

Manejé hasta uno de los fraccionamientos semipoblados a los
que antes iba con Tania y nos estacionamos en una calle solitaria y
oscura. Nos besamos con prisa. Me puse el condón y ella se bajó
los *pants* a la altura de las rodillas sin quitárselos. Se puso de espaldas a mí e intenté penetrarla. No pude. Ella se jaló del tablero y se
irguió para que lograra metérsela con mayor facilidad, pero resbaló y cayó de golpe sobre mis muslos. Desesperado, le exigí qui-
tarse la ropa. Se desnudó con premura. Lamí sus pechos y su
vientre. La senté a horcajadas sobre mis piernas y la sostuve alzán-
dola de las axilas. Los dos sudábamos. Ella propulsó el pubis hacia
delante y cuando me encontraba a punto de ensartarla ambos nos
contuvimos. Nos miramos uno al otro. Ella desmontó respirando
agitada y quedó arrodillada sobre el asiento. Se agachó, tomó mi
pito con la mano izquierda, le quitó el condón y lo chupó con deli-
cadeza unos segundos. Luego lo besó a modo de despedida, se incorporó y se sentó. No hizo ningún intento por vestirse. Se quedó
sentada con las piernas abiertas, pensativa. Se acodó sobre el respaldo y se sobó la frente en círculos. Su desnudez me conmovió.
Recliné mi nuca y acaricié su hombro. Deseé pedirle perdón, aunque no existiera motivo para ello.

El velador de una construcción en obra negra salió a la calle enfundado con un impermeable gris. Desde lejos examinó nuestro
automóvil. Margarita no trató de cubrirse. Se limitó a girar el
tronco y replegarse contra el asiento.

El velador regresó a la construcción. Margarita se sentó de
nuevo con las piernas abiertas.

—¿Quieres que tratemos otra vez? —preguntó.

—No.

La cuarta o quinta ocasión en que cogimos fue en condiciones similares: en un automóvil que me prestaron, estacionados a la orilla de un polvoriento campo de fútbol, en una calurosa mañana de abril. Esa vez nos distanciamos repelidos por los jadeos gratuitos, el olor a encerrado, la ropa manchada por nuestras secreciones y, sobre todo, por la violenta ausencia de palabras después de nuestros orgasmos.

Ese sábado lluvioso, a pesar de desearla más que nunca, la preferí serenamente desnuda a mi lado. La quería más amiga que amante. Me era difícil tocarla, acariciarla. Escasos ocho días antes había visto a Gregorio por última vez y aún bullía en mí la sensación de sus palabras y su abrazo final. Abrazo que se prolongaba en la mirada y los gestos de Margarita.

Contemplé sus senos apenas visibles en la oscuridad. Habían abandonado su altivez para desplomarse inanes sobre los pliegues del vientre. Eran ahora unos senos mansos, casi maternales. Maternales: con frecuencia Margarita velaba por mí. Ella cuidó que mi relación con Tania saliera avante. Ayudó a concertar nuestras citas, a discurrir pretextos, a servir como coartada, sin importarle que a quien engañáramos fuera precisamente a su hermano.

Llegamos a ser tan próximos, tan cómplices, que una tarde, sin preverlo, terminamos en su cama, mientras su madre dormitaba una siesta en la habitación de a lado y Gregorio sobrellevaba el segundo de sus encierros. Fue un acostón relámpago, inexplicable, que nos propusimos repetir en cuanta oportunidad se presentara.

Engaño sobre engaño sobre engaño.

MARGARITA ERA UNA mujer de orgasmo fácil, sin exigencias de caricias ñoñas, ni frases de cajón. Era sencilla y carnal, dispuesta a ofrecer su cuerpo sin reparos, sin endilgar culpas.

Mantuvo en secreto nuestra relación. Supo callar y ser discreta. Incluso supo callar cuando nos encontró a Gregorio y a mí tirados sobre el piso de la cocina de su casa. Él, con el pecho rasgado. Yo, con un tajo en el muslo. Ambos, con los cuchillos aún calientes en nuestras manos.

Entró y quedó aturdida sin poder descifrar el rompecabezas de sangre y cristales rotos que halló esparcido por el suelo. No perdió la calma, ni gritó. Se limitó a llamar por teléfono para solicitar una ambulancia. Luego evaluó cuál de los dos requería de una más pronta atención médica. Se decidió por Gregorio. Lo auxilió a incorporarse, lo sacó tambaleante y lo condujo en su automóvil al hospital.

La ambulancia llegó por mí minutos después. Aduje un accidente al tropezar contra el ventanal de la cocina. Los paramédicos me atendieron sin pedir más explicaciones. Me cosieron en la Cruz Roja y localizaron a mis padres. A ellos no les revelé la causa de mi lesión. Tampoco Gregorio la confesó a los suyos. Y Margarita supo callar.

Margarita callaba desnuda sentada con las piernas abiertas. Se estremeció por el frío y se cubrió con los brazos para darse calor. Me pidió que encendiera el radio. Sonó *La Macarena* y comenzó a mover su cuerpo al ritmo de la canción. Sus mansos senos se bambolearon. Los detuve con mi mano derecha y palpé su curvatura. Ella los tomó con las suyas y los levantó.

—Cuando tenga cincuenta años me van a llegar hasta el ombligo —dijo y rió.

Abrevé de sus pechos hasta que de pronto me percaté que lloraba. Por primera vez la veía llorar. Era un llanto más hacia dentro que hacia fuera. Intenté abrazarla pero me empujó y se cubrió el rostro.

—No me veas, ¡carajo!

Apagué el radio. Margarita se dobló sobre sus muslos. Su espalda limpia y desnuda se agitaba ligeramente con el amago de cada sollozo. De nuevo traté de consolarla y me rechazó.

Decidí que se tranquilizara a solas. Bajé del carro. Había cesado de llover. El aire se sentía frío. A lo lejos temblaban las luces sobre la falda del Ajusco.

Con sigilo el velador apareció por un lado de la construcción y caminó hasta la mitad de la calle.

—Buenas noches —le dije.

—Buenas —farfulló.

Me dirigí hacia él. Me esperó con gesto torvo y con las manos metidas dentro del impermeable, seguramente empuñando un revólver herrumbroso.

—Está pegando duro el frío ¿verdad?—dije con ánimo de platicar.

Asintió sin mirarme. Un perro salió de adentro de la obra, me olfateó y se fue a orinar a un poste cercano. En una de las habitaciones de la planta baja ardían los últimos rescoldos de una fogata. Le pedí al hombre un cigarro. Sacó una cajetilla de cigarros baratos, sin filtro, y me ofreció uno. Le pregunté si tenía con qué encenderlo y señaló el fuego dentro de la casa. Con un tizón prendí el cigarro. Tosí al darle el golpe. No acostumbraba fumar, pero esa noche lo creí necesario para quitarme el frío.

Regresé junto al velador. Un murciélago chilló encima de nuestras cabezas y se alejó. Traté de distinguirlo en la oscuridad. El hombre vigiló cada uno de mis movimientos, ojeándome de soslayo. Di unos pasos y quedamos frente a frente.

—¿A qué vino? —inquirió de súbito.

Apunté hacia el auto.

—A estar un rato con mi novia.

Me escrutó con desconfianza.

—¿Nomás?

—Nomás.

Sin mediar palabra volvió al interior de la construcción y se acostó en un catre junto a la lumbre. El perro lo siguió y se echó a su lado. El hombre se envolvió con una cobija y me dio la espalda.

RETORNÉ AL AUTO. Di tres fumadas al cigarro y lo arrojé a un charco. Margarita ya se había vestido. Se le notaba más tranquila, aunque frágil. Nunca antes sentí el deseo de protegerla. Ansiaba resguardarla, sobre todo, de mí mismo.

Me sonrió con tristeza. Le cogí de la nuca, la acerqué a mi rostro y la besé en la boca.

—Perdón —dijo al separarnos.

—¿De qué? ¿Perdón de qué?

—No lo sé —murmuró.

Partimos y dejamos atrás al velador y su perro. Comenzó a escampar y en el cielo surgió una media luna, brillante, luminosa.

—La luna turca —aseveró Margarita.

—Luna de Piscis —agregué.

Margarita encendió el radio. En la canción que tocaban en ese momento identifiqué una de las frases anotadas por Jacinto Anaya. Era una balada muy cursi. Margarita se dispuso a cambiarle.

—Déjale —ordené.

Le subí al volumen.

—¿Qué haces? —preguntó.

Le pedí que guardara silencio. Al finalizar la canción le expliqué lo que había hallado en la caja. Me escuchó atenta y la percibí un poco nerviosa. Le pregunté si sabía algo al respecto. «Ni idea», contestó. Luego cambió de tema.

Al llegar a su casa volví a interrogarla.

—¿En serio no sabes nada?

—No —respondió con firmeza.

La apresé de la muñeca cuando descendía del auto y la jalé hacia el interior. La besé en el cuello y con arrebato estrujé sus senos.

Se desprendió de mí, tomó mi rostro con ambas manos y me contempló con largueza.

—¿Qué voy a hacer contigo? —dijo.

—Quererme —le respondí sin pensar.

—¿De veras quieres que te quiera? —inquirió sorprendida.

Me aproximé para besarla de nuevo. Ella colocó un dedo sobre mi barbilla y me empujó hacia atrás.

—Pregúntale a Tania —dijo.

—¿De qué hablas?

Señaló el radio.

—De las frases de las canciones. Pregúntale.

No dijo más. Bajó del auto sin despedirse y entró a su casa.

EXHAUSTO, EMPRENDÍ EL camino de regreso. Con melancolía evoqué los cuerpos desnudos de Margarita y Rebeca, la textura de su piel, su sabor. Me dolió saber que las perdía.

Manejé despacio observando a la gente, calándola, como en las noches en que Gregorio y yo rastreábamos las calles buscando con quién pelear. Lo hacíamos por puro gusto, por adicción a la violencia. No éramos ventajosos, al contrario: nos atraía el riesgo, la sorpresa, la posibilidad de toparnos con alguien más bravo que nosotros. Así fue como llegamos a aventarnos contra cuatro o cinco a la vez, a lo macho, para demostrar que podíamos. Y claro que podíamos, aunque nos madrearan. Porque lo importante no era ganar, sino sentir los puños, la carne rota. La propia, la de los otros.

Varias noches terminamos molidos. Como cuando mal juzgamos a un trío de mantecosos que resultaron guaruras de un líder sindical. Nos quitaron lo girito a punto de cachazos y patadas. Quedamos tirados en el arroyo, con los labios reventados y la nariz machacada. Nos valió madres. Era parte de la diversión.

Un viernes que pasé por Gregorio lo hallé preocupado, tenso, sin ganas de salir. Después de mucho insistirle accedió renuente a dar una vuelta por la colonia. Puso como condición llevarla tranquila. Luego de deambular por una hora paramos frente a un estanquillo para comprar unas Pepsi-Colas y nos sentamos sobre el cofre del carro a beberlas. Gregorio estaba apático y redujo su charla a mascullar monosílabos.

Comenzó a aburrirme. Lo dejé solo y me metí a la tienda a comprar unas donas. Mientras las pagaba escuché un golpe sordo detrás de mí: Gregorio había caído del cofre y se encontraba tirado sobre la banqueta, rascándose con desesperación los brazos.

Con rapidez lo levanté abrazándolo del pecho y lo metí al coche. El dueño de la tienda se asomó por la ventanilla y preguntó si necesitábamos ayuda. Le respondí que no. Partí pisando el acelerador a fondo.

Resolví llevarlo a una cercana clínica del Seguro Social. Gregorio se retorcía sobre el asiento gimoteando «me comen, me comen». Entramos al estacionamiento de la clínica y, cuando me dirigía al ala de urgencias, Gregorio me cogió del antebrazo.

—Vámonos de aquí —ordenó con el rostro descompuesto.

—¿Qué tienes? ¡Chingados! —le increpé.

—Vámonos —repitió.

Di vuelta en U y salimos. Me detuve a unas cuantas cuadras.

—¿Estás bien? —le pregunté.

Asintió. Su semblante era pálido. El dedo anular de su mano izquierda temblaba ligeramente.

—¿Qué te pasa? —inquirí.

Atropelladamente me explicó que las tijerillas se reproducían por miles dentro de él y empezaban a devorarle las entrañas. Que por las noches despertaba y veía cómo manojos de tijerillas brotaban de su boca y su nariz y deambulaban por entre las cobijas. Bastaba que él se moviera un poco para que las tijerillas volvieran a invadirlo, penetrando por sus uñas, su cuero cabelludo, su ano. También confesó que cuando se masturbaba en vez de semen expulsaba bolas color marrón, insectos compactados que al caer al piso se dispersaban para volver a acometerlo.

—Las siento masticarme —dijo—. Ahorita mismo me están comiendo vivo; te lo juro; me comen vivo.

Lo LLEVÉ A su casa. Pidió que me quedara a cuidarlo.

—No puedo solo contra ellas —dijo—, no puedo.

Pasé la noche con él sin que ninguno de los dos lograra dormir. A medianoche se incorporó de la cama. Se sentó sobre el borde del colchón y con serenidad sostuvo que la única manera para librarse de las tijerillas era acostándose al lado del cadáver aún caliente de un ser humano.

Su propuesta me pareció ridícula. Sin embargo, él insistió: «Es mi única opción», dijo.

No volvimos a tocar el tema sino hasta la semana siguiente mientras rondábamos las calles.

—Tenemos que matar a alguien —aseveró sin emoción.

Su teoría era sencilla: debía asesinar a un hombre (una mujer no servía a su propósito), abrirlo en canal y tumbarse junto a él para que el aroma de las vísceras aún vaporosas atrajera a la masa de tijerillas que lo carcomían.

—Es mi única opción —repitió.

Para demostrarme que hablaba en serio sacó una navaja de resorte y la accionó.

—¿Me vas a matar? —bromeé.

—No —respondió secamente.

—¿Por qué no te dejas de pendejadas y guardas eso? —le reprendí. Sonrió sarcástico.

—¿Tienes miedo?

No le hice caso y seguí conduciendo. Me pareció una de sus tantas bravuconadas de la cual no valía la pena inquíetarse. De pronto, al disminuir la velocidad para doblar en una esquina, Gregorio señaló a un muchachito flaco, no mayor de quince años, que caminaba distraído por la acera.

—Ése —gritó.

Gregorio brincó del auto en movimiento y corrió hacia él. Tomándolo por sorpresa lo aventó contra la pared. El muchacho quiso voltearse pero Gregorio le colocó la punta de la navaja en la espalda.

—Quieto, cabrón.

Dejé el coche detenido a la mitad de la calle y me dirigí hacia ellos. Gregorio respiraba agitado, fuera de sí.

—Cálmate —le dije.

Me miró con desprecio. Cogió al adolescente de los cabellos, le puso la navaja en la garganta y lo obligó a arrodillarse.

El muchacho comenzó a implorar lastimosamente por su vida. Exacerbado, Gregorio lo zarandeó para callarlo.

—Déjalo ir —le pedí.

Gregorio sonrió con una mueca.

—Es mi única opción.

No había nadie en la calle más que nosotros tres. Los chillidos del adolescente se escuchaban claros. Gregorio presionó la cuchilla contra el cuello y cuando creí que se disponía a dar el tajo definitivo, retiró la navaja.

—Es broma —dijo mirándome—, una pinche broma.

Comenzó a reír. Le ordenó al muchacho que se incorporara y éste obedeció con mansedumbre.

Gregorio lo encaró mirándolo fijamente a los ojos.

—Lárgate —le dijo y lo besó en la frente.

El muchacho salió corriendo entre las callejuelas oscuras.

—Era broma —reiteró Gregorio con un susurro.

SEIS MESES DESPUÉS de ese incidente, los padres de Gregorio lo hallaron una noche sentado sobre una silla del comedor chorreando sangre de sus pies descalzos. Se los había rebanado con la misma navaja. Pensó que por ley de gravedad las tijerillas escurrirían junto con el caudal de sangre y así por fin podría deshacerse de ellas.

Gregorio se cercenó venas y tendones y fue tal el daño que necesitó varias cirugías reconstructivas. No pudo caminar durante dos meses y, aún en proceso de recuperación, fue trasladado al hospital psiquiátrico, donde lo confinaron al pabellón destinado a los enfermos peligrosos, al de los «loquitos de verdad», como los denominaba Gregorio.

—Se nos va —musitó el padre, consternado, luego de que lo acompañé a una de las brevísimas visitas autorizadas a su hijo. Lo había visto sedado, prorrumpiendo incoherencias, amarrado a la cama con los pies envueltos con vendas manchadas de tintura de genciana.

—Se nos va —repitió y descansó su cabeza sobre el volante, para llorar de un modo que siempre reprimió a sus hijos. «No llores —les ordenaba—, que pareces mariquita». Ellos callaban atragantándose sus lágrimas. Ahora él sollozaba desolado, sin pudor, gimiendo «Se nos va, se nos va».

Y sí: Gregorio se nos fue, lenta, inexorablemente, perdiéndose cada vez más en el inaccesible territorio de la locura.

• • •

Tres días después de sanar sus heridas, Gregorio se mutiló los dos dedos del pie derecho y se los llevó a la boca, mientras esa noche yo fornicaba con su hermana sobre la alfombra de la sala de su casa.

Llegué a la casa a las dos de la mañana. Al cerrar la puerta del garaje descubrí en un rincón a un gato pequeño. Estaba mojado y temblaba de frío. Me acerqué y bufó asustado. Quise atraparlo para secarlo y darle de comer. Sin embargo, al aproximar mi mano, tiró un zarpazo que me rasguñó. Retrocedí y el gato se agazapó, listo a atacar de vuelta. Aplaudí con tres palmadas sonoras para que saliera del garaje. Pegó un brinco, huyó hacia debajo del coche y se escondió dentro del motor trepando por el eje de las llantas delanteras.

Decidí dejarlo en paz y entré a la casa. Como consecuencia del arañazo un hilito de sangre quedó sobre el dorso de mi mano. Me lavé y me desinfecté. Era una precaución que tomaba con las heridas provocadas por animales luego de que a mi primo Roberto Donneaud casi le amputaron el pulgar derecho por la severa infección que le causó el picotazo de un loro.

Sobre mi buró encontré un recado de mi madre: «Te habló Tania, dijo que no iba a llegar a dormir a su casa, que si quieres le llames a casa de Laura Luna al 8-03-52-74».

El 8-03-52-74 era un número telefónico inexistente, la clave para indicarme que esa noche me esperaría en el 803.

Dudé en ir. Ansiaba estar junto a ella, besarla, hacerle el amor, escucharla y hacerme escuchar. Pero también le temía. Temía confrontarla, no saber qué decirle, provocarla, quedarnos callados, pelear, humillarnos: perderla.

Estaba agotado y tuve que ducharme con agua helada para reavivarme. Me vestí deprisa, escribí una nota explicándole a mi padre que le devolvería el automóvil por la tarde y partí.

ENTRÉ AL MOTEL Villalba, di vuelta en redondo al estacionamiento, comprobé que estuviera cerrada la cortina del 803 y me detuve frente a la recepción. Apagué el motor, descendí del auto y activé la alarma. Miré a mi alrededor. A pesar de que era de madrugada, varios cuartos se hallaban ocupados. El hombre moreno apareció sigiloso por un pasillo y me sorprendió contando las habitaciones vacías.

—Buenas —masculló.

Por su tono de voz me percaté que no me había reconocido.

—¿Qué pasó? —le saludé.

Escrutó mi rostro iluminado por el azul del letrero de neón.

—¿Qué se le ofrece? —inquirió entre servil y hosco.

Sonreí. No era posible que fuera tan mal fisonomista.

—¿No se acuerda de mí? —pregunté.

—No —respondió tajante.

—Soy el que renta el 803.

Me contempló dubitativo y, después de unos segundos, asintió.

—Ándele, ya me acordé. Usted era el que me quería comprar la pistola.

—Ése mero.

—Discúlpeme pero es que como viene tanto cliente y de noche, pues está difícil que uno se acuerde.

—Y qué pues ¿me va a vender la fusca?

El moreno se rascó la base del cráneo y negó con la cabeza.

—Fíjese que le comenté a un compañero lo que usted me propuso y el muy menso rajó con el patrón y, pues, el patrón me quitó la pistola para que no me ganara la tentación de venderla.

No le creí, pero ambos nos lamentamos de no habernos arreglado antes. Le encargué que cuidara el coche y le pedí prestada la llave del 803. Se esculcó los bolsillos y me entregó una llave.

—Es la llave maestra —advirtió—, no la vaya a perder.

La tomé y la apreté en mi mano.

—No tenga cuidado —le dije.

El hombre sacó una linterna y la encendió.

—Voy a seguirle con la chamba —musitó. Dio media vuelta y continuó con su rondín.

En la cochera se hallaba estacionado el Jetta negro de Tania. Puse la mano sobre el cofre. Lo sentí frío: ella debió llegar al menos dos horas antes.

Entré a la habitación. Tania dormía desnuda apenas cubierta por las sábanas. La iluminaba la luz de un farol que se filtraba por la cortina. La admiré un rato en silencio y me pareció más hermosa que nunca.

Me desnudé y me acosté junto a ella. La abracé por la espalda y amodorrada se prendió de uno de mis dedos. Comencé a lamer su nuca. Tania se estremeció y su piel se erizó levemente. Giró su torso y me besó en la boca. Bajé las manos, la tomé de las nalgas y la jalé hacia mí. Juntamos nuestros vientres. Aún adormilada se impulsó con la pierna izquierda y se acomodó a horcajadas sobre mis muslos. Abrió los ojos, contempló mi cara y acarició mi frente.

—Creí que no ibas a venir —susurró.

La besé en los labios.

—Perdón —le dije.

Sonrió y se acodó sobre mi pecho.

—No, perdóname tú a mí.

Hicimos el amor, despacio, sin hablar. No hubo furias ni acrobacias. Sólo el lento ondular de nuestros cuerpos.

Por primera vez en varias semanas logramos un orgasmo simultáneo. Un orgasmo sereno, elemental y al acabar nos quedamos dormidos sin que me saliera de ella.

CASI AL AMANECER la descubrí arrodillada sobre el colchón, observándome.

—¿Qué pasa? —le pregunté.

—Nada —respondió en voz baja.

—¿Entonces?

Sonrió y se encogió de hombros.

—Sólo te estaba mirando.

Me incorporé y la estreché.

—Vuélvete a acostar —le dije.

Se inclinó y recargó su frente sobre mi pecho. Me percaté de que sollozaba. La tomé de la barbilla y la levanté.

—¿Qué tienes?

Se retiró el cabello que caía sobre sus ojos. Con el antebrazo se secó las lágrimas.

—¿Me quieres? —preguntó arrugando el entrecejo, como si se esforzara en no volver a llorar.

—Muchísimo.

—¿De verdad?

—De verdad.

Pareció tranquilizarse. Con lentitud dejó caer su cabeza y se acurrucó sobre mi regazo con la cara volteada hacia mi entrepierna.

—¿Y tú a mí? —le pregunté.

Como respuesta mordió con suavidad mi muslo. Besé su hombro y con la yema de los dedos tracé un camino sobre el eje de su columna vertebral. Tania exhaló un quejido y se estiró.

—No, por favor —musitó.

Proseguí el trazo y bajé el dedo hasta la terminación del coxis.

—No sigas —pidió.

Deslicé aún más los dedos y empecé a acariciar en círculos su ano.

—Manuel —susurró y volvió a morder mi muslo. Lubriqué su ano con un poco de fluido vaginal e inserté mi dedo medio.

Ella se contorsionó hacia delante y hacia atrás con un ritmo que provocó que mi dedo se hundiera más y más. Su culebreo se tornó un vaivén acelerado. Cuando parecía que Tania llegaría al orgasmo se detuvo de súbito y apretó los músculos del perineo para inmovilizar mi dedo.

—¿Te vas a casar conmigo? —inquirió.

—No sé —respondí riendo—, falta mucho.

—¿Sí o no?

Tardé en contestar. Ella aflojó los músculos y desplazó su cuerpo a un lado. Doblé el dedo para impedir que resbalara pero ella meneó la cadera para expulsarlo. La noté más triste que molesta.

—¡Sí! —exclamé en voz alta.

Tania me miró desconfiada.

—Sí —repetí—, sí me voy a casar contigo.

Se llevó la mano al rostro y comenzó a reírse.

—No me hagas caso, estoy loca —dijo y se tapó con una almohada.

Su cuerpo se convulsionó por la risa. Le quité la almohada y le tomé la cabeza con las manos.

—Deja de hacerte la tonta.

Ella se aplacó y suspiró.

—No te entiendo —dije y aventé la almohada al piso.
Ella la recogió y la puso sobre su vientre.
—Estoy hecha bolas —musitó contrariada.
—Yo también —afirmé.
—Tú no —sostuvo con firmeza.
—¿Cómo lo sabes?
—Simplemente lo sé —murmuró.

Cerró los ojos, se ovilló bajo las cobijas y pidió que la estrechara. Se quedó dormida mientras le acariciaba los hombros.

Amaneció. Con cuidado me separé de ella y me dirigí hacia la ventana. El día se divisaba claro, sin nubes, sin lluvia. Tania roncó ligeramente y me volví a mirarla. Al parecer soñaba, porque emitía ruiditos chasqueando los labios.

Me senté a su lado. La contemplé y la imaginé anciana. Imaginé sobre su rostro el ámpula de los años: los ojos sumidos, la boca débil, la dentadura roída, la mandíbula colgante. Imaginé su abdomen estragado por los embarazos, sus piernas resecas, sus antebrazos endebles, sus senos mermados.

Si me casara con ella ¿de qué hablaríamos sesenta años después? ¿De qué nos acordaríamos? ¿Dormiría desnuda junto a mí, así, sin pudor? ¿Haríamos el amor besándonos con nuestras bocas desdentadas? ¿Quién moriría primero?

Me recosté junto a ella, la abracé de nuevo y poco a poco me fui quedando dormido.

Desperté a mediodía. Hacía calor y el sol pegaba de lleno en la habitación. Tania no estaba en la cama. Me incorporé y escuché la regadera. Entré al baño y me senté sobre la tapa del excusado.

—Quiubo —saludó Tania atisbando por la cortina traslúcida. Sonrió y me mandó un beso.

Le pedí que se diera vuelta contra la pared. Quería orinar y me apenaba que me viera hacerlo. Ella obedeció sin intentar espiarme.

—¿Qué quieres de desayunar? —le pregunté al terminar.

—Lo de siempre —contestó.

«Lo de siempre» consistía en un plato de tamales y una taza de atole de chocolate que acostumbrábamos comprar los sábados y domingos por la mañana a una mujer que establecía su puesto en la contraesquina del motel.

—Ya es tarde —dije—, a ver si no se ha ido la señora.

Tania me llamó. Me acerqué, ella sacó la cabeza de la regadera y me besó en la boca.

—No sabes cuánto te quiero, cabrón.

Me hice un paso atrás y la contemplé. Se cubrió los senos con los brazos.

—¿Qué me ves? —preguntó riendo.

—Nada.

—Entonces no andes de mirón —dijo y me salpicó los ojos.

La besé de nuevo y salí a conseguir el desayuno.

EL MOTEL SE encontraba vacío: el domingo era el día de menos movimiento. «Día de fútbol, familia y castidad», como lo describía Camariña. Saludé a Pancho, quien barría la cochera del 813.

—Quiubo —le grité.

Pancho alzó la barbilla, sonrió al reconocerme, extendió la mano y siguió barriendo.

Me topé con Camariña. Había colocado una silla y una mesa a mitad del corredor y miraba el partido entre Atlante y Celaya en un televisor portátil.

—¿Qué hay? —inquirió cordial.

—Nada nuevo.

Se inclinó hacia mí y susurró con complicidad:

—Ya te reconciliaste con tu novia ¿verdad?

Asentí. En un gesto paternal, Camariña me oprimió el antebrazo.

—Me da gusto —dijo.

En la televisión el locutor gritoneó por una jugada de peligro en el área y Camariña volvió los ojos a la pantalla.

—Ahorita nos vemos—le dije y proseguí mi camino.

El sol brillaba y el aire era transparente y frío. Al cruzar la calle toreé un minitaxi. Me hallaba contento, de buen humor.

Encontré a la mujer levantando el puesto. Apenas alcancé a comprarle dos tamales rojos y dos verdes. No hubo de dulce, los favoritos de Tania, ni atole de chocolate.

La mujer envolvió los tamales en un pliego de papel periódico y me los entregó. Me quemé la mano con el agua hirviente que aún escurría por las hojas de elote y los dejé caer al suelo. La mujer rió, se agachó a recogerlos y los guardó dentro de una bolsa de plástico.

—Tenga joven —dijo con cierto resabio de burla.

Regresé al hotel. Al cruzar frente a Camariña éste me hizo la seña de que me acercara.

—Acompáñame —dijo.

Apagó el televisor y entramos a la oficina. Me invitó a sentarme. Sacó un puro, lo prendió con un encendedor metálico y se sentó frente a su escritorio. Se acodó y acercó su rostro hacia mí, como quien quiere entablar un trato de negocios.

—Supe que le querías comprar la pistola a Pánfilo —soltó a bocajarro. Su tono de voz era neutro, sin inflexiones que denotaran si la oferta a su empleado le había molestado o no.

—Sí —confirmé.

—¿Y para qué quieres una pistola?

No atiné a responderle. Camariña dio una larga chupada al puro y exhaló el humo hacia un lado. Las volutas ascendieron, flotaron contra el techo y desaparecieron por una de las ventilas.

—No es bueno que un muchacho como tú cargue con un arma —sentenció.

Me encogí de hombros.

—Uno nunca sabe —dije.

Camariña abrió un cajón y sacó la pistola. La depositó sobre un trapo rojo y puso en fila seis balas doradas.

—Es bonita ¿verdad?

—Sí.

—Esta pistola la compré hace muchos años a un vendedor de chueco de la Merced. Sólo la he disparado dos veces para probarla.

Camariña la levantó hacia la luz y la contempló orgulloso.

—Creí que me iban a asaltar cada viernes de quincena y ya ves: no me ha servido para nada.

Con el trapo rojo limpió una huella digital impresa sobre el cañón.

—Recién la mandé al armero para que la dejara como nueva. Mira cómo brilla, cómo gira de fácil el cilindro.

La manipuló un rato, la puso de nuevo sobre el trapo rojo y la empujó hacia mí.

—Toma, es tuya —dijo inesperadamente.

—¿Por?

—Porque quiero…

—Pero es que…

—Nada hombre, es tuya, tómala como pago por la chamarra.

—La chamarra se la regalé —protesté.

—Entonces la pistola te la regalo.

Terminé por aceptarla y, en agradecimiento, le obsequié a Camariña un tamal verde.

• • •

ENCONTRÉ A TANIA sentada en el taburete frente al tocador, peinándose desnuda (un acuerdo entre ambos sostenía que mientras estuviéramos en el 803 ninguno de los dos podía vestirse, a menos que hiciera demasiado frío).

—¿Compraste los tamales?

—Sí —le respondí y deposité la bolsa sobre el tocador.

—¿Hubo de dulce?

—No —le contesté y puse frente a ella la pistola y las balas—, pero mira lo que conseguí.

Tania se volvió a mirarme, notoriamente turbada.

—Me la regaló Camariña —aclaré.

Palideció y con el canto de la mano hizo a un lado las balas.

—Quítala de aquí.

—No pasa nada —le dije.

—Quítala —ordenó nerviosa.

Levanté la pistola, la amartillé y apunté hacia mi figura reflejada en el espejo.

—¿Qué haces?

Jalé del gatillo y, al «click» del percutor, Tania dio un salto y se cubrió el rostro con las manos.

—Eres un estúpido —masculló.

Se envolvió con una toalla y se encerró en el baño. Decidí ir a guardar la pistola en el coche. Cuando regresé Tania se estaba vistiendo.

—Sólo estaba jugando —le dije.

—Pues qué jueguitos tan pendejos los tuyos —reclamó irritada.

Se puso el suéter, tomó su bolso y se encaminó hacia la puerta. La cogí de las muñecas.

—No te vayas —imploré.

Hizo el intento de soltarse.

—Déjame en paz.

—No, hasta que te calmes.

Forcejeamos un rato y ella extendió las manos hacia arriba.

—Está bien, no me voy, pero suéltame.

—¿Lo prometes?

—Suéltame —ordenó en voz baja.

Desasí sus muñecas y se sentó sobre la cama.

—Me asustas Manuel, me asustas...

Me senté junto a ella y la abracé.

—De verdad, sólo estaba bromeando.

—No es cierto —dijo alzando la voz—, querías asustarme.

Trató de incorporarse y la tumbé sobre la cama.

—Te lo juro que no.

Comencé a besarla mientras repetía: «Te lo juro, te lo juro».

Cesó de oponer resistencia, la desnudé y volvimos a hacer el amor.

DESAYUNAMOS LOS TAMALES acostados sobre la cama. Tania comentó la posibilidad de que adquiriéramos un televisor para llevarlo al cuarto. Sugirió que la compráramos en Sears para poder pagarla a plazos.

—No necesitamos una —le dije y giré uno de sus pezones como si fuera la perilla de un televisor antiguo—, sólo basta prender este botón y buscar el canal que más nos guste.

Tania rió y me empujó.

—No seas baboso —dijo y se sobó el pezón.

Tomé el libro de Ruvalcaba que se hallaba sobre el buró y le pregunté por qué había subrayado la frase sobre los burócratas que compran pan.

—Porque sí.

—¿Conoces a algún burócrata comprapanes? —inquirí burlón.

—Conocía —musitó y se quedó pensativa.

Me enceló su expresión lánguida.

—Un tío mío, primo hermano de mi mamá —continuó—, trabajaba en el área de explotación comercial de la Secretaría de Pesca. Una tarde, después de salir de la oficina, se detuvo en una panadería a comprar pan dulce y mientras pagaba entraron unos asaltantes.

Suspendió el relato y se humedeció los labios.

—Por negarse a entregar el cambio, algo así como cinco pesos, le dispararon un balazo en la cabeza...

De pronto se volvió hacia mí.

—¿Nunca te lo había platicado?

—No.

—Quedó tumbado junto a su bolsa de pan. Dejó viuda a mi tía con un hijo de dos años y una bebé de diez meses...

—¿Y hace cuánto fue?

—Yo estaba chica, iría en tercero o cuarto de primaria. Al suyo fue al primer velorio que asistí...

Se le hizo un nudo en la garganta y me estrechó con aprensión.

—No vayas a hacer una locura.

—¿De qué hablas?

—No quiero que te mueras.

—No me voy a morir —aseveré—, te lo prometo.

«No me voy a morir», nos dijo Gregorio una tarde de mayo.

Recién había egresado del hospital con los dedos del pie amputados. «No me voy a morir» reafirmó. Tania lo abrazó, culposa. Unos días antes, después de haber hecho el amor conmigo, había susurrado: «Ojalá se muera». Quería que Gregorio se esfumara, que desapareciera sin más, que cesara de lastimarla. No soportaba el hecho de que hubiera enloquecido. No toleraba amarme y amarlo. Sencillamente no podía con él y había deseado su muerte.

—No me voy a morir —reiteré.

Tania me besó con desconfianza.

—Devuelve la pistola.

—¡No!

—Por favor.

—No.

Me estrujó con fuerza.

—No vayas a cometer una estupidez.

—Nunca —le dije—, nunca...

A LAS CINCO de la tarde decidimos irnos. Mientras nos vestíamos le narré a Tania sobre la caja que había dejado Gregorio. Me escuchó absorta, concentrada en la descripción que hice de las fotografías y los paquetes. Negó conocer a Jacinto Anaya. Tampoco supo del significado de las frases anotadas.

—Margarita me dijo que tú podías saberlo.

Tania enrojeció.

—Y esa pinche vieja cómo sabe lo que yo sé —exclamó airada.

Su enojo me pareció excesivo.

—No hables así de ella; es tu amiga ¿no?

—¿Es mi amiga? —preguntó con sorna—. ¿O más bien la tuya?

—De los dos.

Tania negó con la cabeza y no dijo más. Terminamos de vestirnos y me acerqué a besarla. Ella devolvió el beso con frialdad.

—¿Qué tienes?

—Nada —contestó parcamente.

Dejamos el cuarto y abrí las cortinas de la cochera. Tania subió al auto y bajó la ventanilla.

—Adiós —le dije.

—Adiós.

Me besó en la mejilla con los labios apretados, arrancó y partió. Regresé al cuarto y me senté en la cama. La habitación vacía me pesó, como si el aire sin Tania adquiriera una mayor densidad. Tal vez ella tenía razón: necesitábamos comprar un televisor.

Cuando me disponía a subir al coche Pancho llamó mi atención.

—Está escurriendo algo —señaló.

Me agaché para ver qué era lo que goteaba. No parecía ni aceite, ni agua, ni gasolina. Estiré la mano y tenté el eje delantero. Era sangre.

Le pedí a Pancho un cartón para meterme a revisar debajo del automóvil. Descubrí un mazacote de pelos, carne y huesos. El gato que se había escondido dentro del motor había sido triturado probablemente por la hélice del radiador. Con un gancho de ropa jaloneé los restos y extraje al animal en tiras. Apestaba a podrido y a orines. A Pancho le causó mucha gracia y se carcajeaba cuando sacaba una pata o trozos del lomo. «Parece que le estás haciendo un aborto a tu coche», dijo con un humor que me entristeció.

Llegué a la casa al atardecer. Oculté la pistola bajo mi camisa para que mis padres no me sorprendieran con ella. Deprisa subí las escaleras y escondí el arma dentro de una gaveta en mi baño. Mis precauciones fueron inútiles: no había nadie en casa.

Una hora después llegó Luis de Cuernavaca. Venía acompañado de una muchacha a quien yo no conocía. Me la presentó como su novia. No recuerdo su nombre y mucho menos su cara.

Era una mujer absolutamente anodina. Dos semanas después mi hermano terminó con ella.

Dos horas más tarde arribaron mis padres. Mi padre parecía no sentirse bien. Venía pálido y con el rostro descompuesto. Mi madre explicó que había ido a comer tacos de carnitas y que le habían caído mal. Lo escuché vomitar varias veces, sin lamentarse. Procuraba ser un enfermo discreto, al contrario de mi madre, a quien el mínimo malestar le servía de pretexto para montar un drama.

Cené con Luis y su novia anodina, que ponía gesto de preocupación cada vez que se oían las estridentes arcadas de mi padre. «Está muy malito tu papá», decía con voz almibarada entre bocado y bocado, sin importarle que en la casa flotara un regusto a contenido gástrico.

ME ACOSTÉ TEMPRANO. A medianoche mi padre me despertó tocándome con suavidad en el hombro. Abrí los ojos, sobresaltado, y me tranquilicé al distinguir sus facciones en la oscuridad.

—¿Dónde dormiste ayer? —inquirió.

No le respondí.

—¿Cómo te sientes? —le pregunté.

—Más o menos.

Se sentó junto a mí. Su rostro lo iluminaba la luz de la luna que se filtraba por la tela de las cortinas.

—Y tú, ¿cómo estás? —preguntó.

—Bien.

—¿De verdad?

—Sí —le respondí sin convicción.

Me propuso que fuéramos de vacaciones los cuatro, en familia. Como cuando éramos niños.

—Vámonos a Puerto Vallarta —dijo.

Sonreí ante la sugerencia. Puerto Vallarta era el sitio al cual íbamos a festejar la Navidad y el Año Nuevo. Crecí con la idea de que Navidad significaba calor, playa y palmeras ralas y amarillentas adornadas con foquitos de colores. Las efigies de muñecos de nieve, los paisajes blancos de las tarjetas de felicitación y los pinos artificiales me provocaban sensaciones contradictorias. Sencillamente no correspondían.

Mi padre se puso de pie y antes de salir del cuarto, repitió: «Vámonos a Puerto Vallarta». Cerró la puerta y me quedé recordando las cenas de Nochebuena bajo los ventiladores de aspas, sudorosos, brindando con sidra tibia, cenando pavo ahumado recién descongelado.

A LA MAÑANA siguiente me vestí con una camisa de manga larga para ir a la universidad: ya había tenido demasiados días el recordatorio de mis cicatrices. Sería difícil justificar mis faltas de asistencia ante mis profesores, quienes se preciaban de duros y exigentes. La muerte de alguien no les parecía excusa suficiente para fallar en la entrega de proyectos y maquetas. (¿Qué carajo tiene que ver tu tía Francisca con este cochinero?, le espetó un profesor a un alumno que entregó un proyecto borroneado, trazado sobre las piernas durante el velorio de su tía predilecta que murió atropellada por un camión de refrescos que se quedó sin frenos.) El arquitecto Molina, director de la carrera, sostenía que diseñar casas era una de las responsabilidades más serias del mundo. «En las casas se crece, se duerme, se pelea, se ama, se fornica, se come, se odia y se muere», solía decir. «No son sólo construcciones, muchachitos, son los sagrados espacios de la vida». Tenía razón pero esa mañana no iba dispuesto a soportar sermones. Por más que se quiera los espacios de la vida jamás podrán competir con la vida misma y ni doscientos muros perfectamente construidos pueden silenciar el ruido de un disparo resonando a la mitad de una tarde. Por fortuna ningún maestro reprochó mis ausencias.

EN LA PRIMERA clase me topé con Rebeca. Me saludó distante y nerviosa. Se sentó en las filas de adelante, no hasta atrás, junto a mí, como acostumbrábamos. Mientras la profesora disertaba sobre la resistencia del hormigón, no cesé de contemplar el punto donde convergían su nuca y su espalda. Alguna vez escuché que si se miraba fijamente ese punto, obligábamos a que esa persona volteara hacia nosotros. Rebeca nunca volteó, ni en ésa ni en ninguna otra ocasión y el ejercicio sólo sirvió para que deseara intensamente besar su cuello.

Las clases me parecieron sosas e intrascendentes, excepto la de literatura contemporánea, la única materia optativa que cursaba ese semestre. La había inscrito por dos razones: porque el maestro aparentaba desdeñar las convenciones docentes y porque era un obseso de la generación «beat». Kerouac, Burroughs, Ginsberg, eran los únicos autores de los que hablaba. Los demás: Faulkner, Rulfo, Joyce, Martín Luis Guzmán, apenas los mencionaba. En lo personal los «beats» me tenían sin cuidado y si me acerqué a su literatura fue porque Gregorio consideraba *En el camino* de Jack Kerouac como el libro más poca madre que había leído («Es como un disco de los Doors», decía).

De los «beats» me llegó a interesar más su vida que su obra, sobre todo la de Burroughs, a quien Gregorio detestaba. «Es un pinche ruco putete», afirmó cuando se enteró que Burroughs era homosexual confeso (Gregorio era a tal grado homofóbico que era capaz de golpear a alguien con saña bajo la sola suposición de considerarlo un marica). A él quien le atraía era la figura de Kerouac:

ex marinero, guapo, ex jugador de fútbol americano. «Ése sí era cabrón», aseveraba. A la larga no lo fue tanto y Burroughs, con todo y preferencias sexuales, les sobrevivió a todos, incluidos Kerouac y Gregorio.

Esa mañana el profesor expuso la manera en que Burroughs asesinó a su esposa en el interior de un lóbrego departamento de la Ciudad de México, cuando absolutamente ebrio le reventó la frente de un balazo jugando a Guillermo Tell.

Al finalizar la clase abordé al maestro. Tratando de retomar lo de Burroughs le expliqué que había faltado la semana anterior debido a que mi mejor amigo se había volado la cabeza jugando a un solitario Guillermo Tell.

—¿Quieres decir que se suicidó?

Asentí. El maestro sonrió y con indulgencia me palmeó en la espalda.

—Excelente excusa Manuel, muy literaria —dijo el muy idiota—. Te justifico las faltas porque fuiste original, pero procura ponerte al corriente.

Me guiñó el ojo y salió del aula sin dejarme decir más. Lo vi alejarse por el pasillo. Tomé en dirección contraria, hacia el estacionamiento de profesores, localicé su automóvil y con mi navaja suiza piqué las cuatro llantas. Aguardé a que se desinflaran y me largué.

REGRESÉ A MI casa, furioso, convencido de que debía abandonar la universidad, la arquitectura y el chiquito mundo de mis profesores severos y mediocres. Decidí irme a relajar a una alberca cercana, en donde por treinta pesos lo dejaban a uno nadar el tiempo que quisiera.

Por suerte la alberca se hallaba vacía y pude nadar cuantas vueltas se me antojaron sin necesidad de esquivar niños con flotadores, o ancianas haciendo *aqua-aerobics*. Casi al finalizar apareció una güera desabrida y regordeta, ataviada con un llamativo traje color zafiro con rayas amarillas y quien se me hizo conocida. Se metió al agua sin mirarme y comenzó a bracear con un estilo descompuesto y aparatoso que en algunos momentos se asemejaba al *crawl*. Después de un rato logré identificarla. Se trataba de una famosa actriz de telenovelas. «La reina de la sensualidad» según las revistas baratas. La observé bien, incluso sumergí la cabeza con los goggles puestos para mirarle las piernas bajo el agua. Tenía celulitis. Kilos de celulitis. Sus senos se presentaban un poco más apetitosos pero también era probable que tuvieran celulitis («Chichis como mantecadas —las definía Gregorio—, esponjosas, grasosas y llenas de hoyos».).

Al salir de la alberca me percaté de que dos guardaespaldas discretamente resguardaban a la mujer de la sensualidad bofa. En vano, porque no quedaba nadie en el lugar que pudiera desearla.

Arribé a la casa más sosegado y me encontré con mi madre. Me saludó con un abrazo y varios besos. Me extrañó hallarla tan afectuosa. Luego dio cuenta de mi bitácora de recados: a las dos y cuarto había hablado Tania, Joaquín a las tres y cinco y una compañera de la escuela a las tres y veintidós para recordarme sobre un trabajo que íbamos a realizar en equipo (diseñar unas porquerizas al estilo Barragán, con espejos de agua y muros anchotes).

Mi madre se ofreció a prepararme unos sándwichs de pollo. Era notorio su esfuerzo por mostrarse cariñosa y comedida. Ella y yo nunca pudimos entendernos: nos parecíamos en lo que debíamos ser diferentes, éramos diferentes en lo que debíamos parecernos.

Mi madre no pudo sostener durante mucho tiempo su afabilidad. Me acompañó a comer, conversamos banalmente sobre banalidades y luego, un poco fastidiados uno del otro, nos retiramos a hacer nuestras cosas.

Antes de subir al cuarto me llamó.

—Se me olvidaba darte esto —dijo y me entregó una carta—. Llegó en el correo hoy por la mañana.

Le agradecí y continué el camino hacia mi recámara.

LA CARTA VENÍA sin remitente y la dirección en el sobre estaba rotulada con una caligrafía que me resultó familiar pero que de momento no identifiqué.

La abrí. Adentro contenía un papel amarillento y arrugado con una sola frase anotada: «El búfalo de la noche ahora soñará contigo».

No había nada más. En un principio solté la carcajada en lo que pensé era una broma idiota. Después me senté sobre el colchón, aturdido. La frase la había escrito Gregorio, no había duda de ello. Resaltaban sus trazos alargados, agresivos.

Me levanté sin saber exactamente qué hacer. El golpe había sido ejecutado con precisión. Desde su urna y sus cenizas Gregorio me acosaba de nuevo. No podía ir a confrontarlo, ni insultarlo. Tampoco romper la carta y olvidarla: lo más seguro era que las amenazas y mensajes cifrados continuaran apareciendo uno detrás de otro.

Traté de calmarme. Gregorio no podía vencerme, mucho menos con una estúpida frase. Salí al pasillo. Mi madre se hallaba abajo, en la cocina. Me dirigí a su cuarto y hurgué entre su botiquín. Cogí unas pastillas para dormir e ingerí el triple de la dosis necesaria. Regresé a mi cuarto y me acosté en espera que el somnífero surtiera efecto. Obnubilado tomé la carta. La caligrafía en el sobre era distinta a la de Gregorio. La fecha del matasellos señalaba el veinticuatro de febrero, dos días después del suicidio de Gregorio. Alguien proseguía con el plan.

La clave estaba en la caligrafía. Casi entre sueños traté de hacer un recuento de las letras manuscritas que conocía: Margarita, Tania, Rebeca, Joaquín, mi padre, mi madre, Luis, Margarita, Rebeca...

ME LEVANTÉ A las doce de la noche con miedo. De nueva cuenta había percibido sobre mi nuca una respiración sofocante, húmeda. Intenté huir, saltar de la cama, pero no pude moverme. Los somníferos me mantuvieron en un estado de dócil duermevela. Me percataba de las luces, los ruidos, las voces. Mis piernas, mis brazos, no respondían.

Después de casi una hora logré encender la luz. Me punzaba la cabeza y sentía hinchada la lengua. Entré al baño e hice varios buches con agua. Contemplé mi rostro en el espejo: siguió pareciéndome el de un extraño.

Debajo de la puerta encontré una nota de mi madre con mis recados telefónicos. A las diecisiete con ocho había hablado mi compañera de la universidad, molesta porque no me había reunido con el grupo a hacer el trabajo sobre las porquerizas. A las dieciocho con dos llamó Tania y a las dieciocho veinticinco la secretaria del doctor Macías inquiriendo por qué no había asistido a la cita con él. La había olvidado por completo y me alegró haberlo plantado.

La letra en el sobre comenzó a inquietarme. ¿Por qué chingados alguien se había prestado a las burdas maquinaciones de Gregorio? Pensé en el mismo doctor Macías y la idea me divirtió: el prestigiado psiquiatra esclavo del más tormentoso de sus pacientes. Imaginé a ambos sellando un pacto con sangre y a Macías prometiéndole lealtad eterna. Probablemente él también tendría tatuado un búfalo azul en el bíceps izquierdo.

Desvariar me distrajo un poco. Me puse la piyama y me metí a la cama. Me disponía a apagar la luz cuando de golpe recordé una caligrafía semejante a la del sobre. Fui al clóset y saqué la caja de Gregorio. Revolví entre los papeles del paquete con el listón negro. Separé una hoja y cotejé los trazos. Y sí: Jacinto Anaya había escrito tanto las frases de las canciones como la dirección en el sobre.

Intenté contactar con Macías. Quizá él sabía del plan de Gregorio y en la cita buscaba ponerme sobre aviso. Llamé a su consultorio. Nadie contestó. Marqué su «beeper» y le mandé mensaje para que se comunicara conmigo. No lo hizo.

Llamé a casa de Tania. Probablemente ella había recibido una carta parecida. Me contestó su hermana adormilada. Le pedí que me comunicara con Tania. Me respondió que no eran horas para llamar por teléfono y colgó. No se llevaban bien. Ella recelaba de Tania. Afirmaba que le otorgaban demasiados privilegios, que le dejaban hacer lo que se le pegara la gana, mientras que a ella, por ser la mayor, la controlaban y limitaban. La aseveración era falsa. Las dos eran voluntariosas y caprichosas, sólo que el carácter de Tania era más decidido.

Traté de hablar con Margarita, pero me contestó el padre y colgué. Llegué a creer que ella también estaba involucrada en el juego de Gregorio. Luego dudé: debía ser una víctima más.

Resolví no desesperarme y no darle importancia a las baratas confabulaciones de Gregorio. Arrojé la caja a un extremo del cuarto y prendí el televisor.

PASÉ LA NOCHE con insomnio mirando noticieros. Al amanecer brinqué con la certeza de que una tijerilla había brotado de mi boca. Removí las sábanas y no hallé nada.

Salí del cuarto. Las puertas de las demás recámaras estaban cerradas. Imaginé a mis padres durmiendo en su habitación, uno al lado del otro, soñando cada cual sus propios sueños, manteniendo intactos sus propios mundos. Imaginé a mi padre levantándose en la semioscuridad, bebiendo agua del vaso colocado sobre su buró, restregándose los ojos, tan lejos y tan cerca de mi madre dormida. La imaginé a ella soñando con todas las oportunidades de trabajo que perdió y que consideraba fundamentales para su vida. Imaginé a mi hermano soñando con sus novias anodinas, sus amigos, sus viajes, sus preocupaciones, sus deseos anodinos.

Bajé a la sala y me dirigí a la pequeña barra que mi padre construyó con la idea de que fuera el sitio de la casa más suyo y donde pensaba reunirse a beber cubas y a charlar con sus amigos, quienes se sentarían en los bancos mientras él los atendería de pie al otro lado de la barra. Sólo dos veces en trece años lo vi convivir así con sus amigos. Las otras lo hallé solo, en las madrugadas, bebiendo cubas con limón y hielo (como sólo él sabía prepararlas), resolviendo crucigramas de las páginas de sociales del *Excélsior.*

Yo no bebí nunca, ni una sola copa. Jamás supe lo que significaba estar borracho. Tampoco Gregorio. Beber nos parecía cosa de maricas. Sin embargo, esa mañana ansiaba apurar hasta la última gota de ron cubano que mi padre atesoraba en una diminuta cava al lado de la barra. Quizá así las tijerillas, las respiraciones sobre mi nuca, la vida misma, adquirieran sentido. Pero no: beber era cosa de mariquitas.

Me senté sobre uno de los bancos y abrí una de las bolsas de cacahuates japoneses que mi padre siempre tenía a la mano en su obsesión por ser un buen anfitrión. Los mastiqué tronándolos con los molares. Ese ruido siempre molestó a mi hermano. Pensaba que lo hacía por fastidiarlo. La verdad es que a mí me gustaba crujirlos.

Escuché que fluía el agua de la regadera en el baño de mis padres. Con seguridad mi padre se duchaba, alistándose para un día más de trabajo como directivo bancario. No toda su vida fue lo mismo, aunque yo no pueda visualizarlo sin su traje de banquero y su portafolio de piel color vino (una imagen que me enorgulleció de niño: la de un hombre seguro e importante).

Recordé cuando me confesó que había fumado mariguana, unas diez, doce veces, a escondidas en los baños de la universidad, en fiestas, dentro de un destartalado Volkswagen. Me enseñó una fotografía de esa época. Él y sus amigos aparecían con el fleco cayéndoles sobre las cejas, patillones, con camisas floreadas y pantalones acampanados, algo ridículos. Los mismos amigos que veinticinco, treinta años después, se negaron a compartir con él su barra, su charla y sus excelsas cubas preparadas con limón y hielo.

Mi padre acabó de bañarse. Lo imaginé vistiéndose en silencio para no despertar a mi madre, anudándose la corbata, salpicándose el rostro con su loción cara y pasada de moda. Luego lo vi descender por las escaleras. Su expresión era distinta a la de todos los días, más relajada, libre de los usuales gestos de padre o esposo. Actuaba como un hombre disponiéndose a salir al trabajo. Un hombre nada más. Llano, simple, quizás hasta un poco torpe. Un hombre.

Partió cerrando la puerta con cuidado de no hacer ruido. Después oí su automóvil alejándose por la calle. Cuántas veces no salió temprano pretextando citas de negocios para en realidad citarse con una hermosa mujer en un motel de paso. Cuántas veces añoró volver a fumar mariguana, pelearse en un bar, comer tacos y huir corriendo para no pagarlos, ver películas pornográficas en función de medianoche. Cuántas veces estuvo tentado a abandonarnos, a montarse en el carro junto con la hermosa mujer y largarse por una carretera recta e interminable. Cuántas veces pudo hacerlo y no lo hizo.

Quizás ése era el momento propicio para que yo huyera, para que veinte, treinta años después, un hijo mío no me descubriera bajando en silencio las escaleras para no despertar al resto de la familia.

No hui y regresé a mi cuarto.

EL RESTO DE la mañana permanecí encerrado en mi recámara, aturdido. Quedaba claro que Gregorio había deseado que yo supiera que Jacinto Anaya era su escribano y cómplice. Había diseminado las suficientes claves. Pero: ¿para qué? ¿Para que lo buscara y lo confrontara? ¿O hallarlo me llevaría a otra etapa del plan? No podía ignorar la trampa. Tampoco evitarla. Era necesario proseguir.

Impulsivo cogí la caja y abrí el paquete con el listón azul, aquel cuyo contenido más temía. Apenas desaté el nudo encontré una fotografía que era un mensaje en sí misma. En ella aparecíamos Tania, Gregorio y yo. Nos la habían tomado el último día de clases de quinto de preparatoria. Cada uno de los tres poseía una copia autografiada por los otros dos. En ésta el rostro de Tania y el mío se hallaban perforados con quemaduras de cigarro.

Después venía un retrato reciente de Tania. Salía vestida con una blusa blanca que le regalé en una Navidad y portaba un collar de plata que le había dado Gregorio cuando cumplieron un año de novios. Luego hallé varios recortes de la sección de cines del periódico *El Universal*. Algunas de las películas anunciadas venían cruzadas con tinta azul y la hora de la función subrayada con rojo. También venían unas fotografías de Gregorio en el jardín del hospital psiquiátrico. Llevaba puesto un pantalón de mezclilla y una camiseta negra. Se notaba el búfalo tatuado en su bíceps izquierdo. Sonreía y en una de las fotos mandaba un beso a quien disparaba la cámara.

A continuación hallé una caja de cerillos con el nombre y la dirección de un motel de paso impresos en la carátula. Se trataba de un motel cercano al Villalba, probablemente el mismo en el cual el teniente asesinó a su amante. En el reverso de la cajetilla Gregorio había anotado una fecha: cinco de enero, y una frase: «Hoy, muy cerca del fuego». La fecha coincidía con una de las funciones de cine tachadas en los recortes.

Descubrí también un poema sacado de un libro de Agustín García Delgado que a Tania le gustaba mucho y citaba con frecuencia. Estaba transcrito con la tipografía de una máquina mecánica. El poema se titulaba *Habitación*.

HABITACIÓN

Mejor es quedarnos
afuera nos aguarda una sepultura sin muerte,
afuera es cementerio donde un espantapájaros,
de vigilias armado,
ahuyenta los azules cuervos del silencio.

Sobre la extensa madrugada del alma,
el gallo inmisericorde no cesa.
Nunca brillará el sol que llegue a callarlo.
Nunca nuestras manos
tocarán la orilla luminosa del día.

El poema estaba fechado por Tania el ocho de enero. Al margen Gregorio había acotado: «Hoy, dentro del fuego, muy dentro».

Después de revisar un montón de papeles con mensajes crípticos hallé la clave que me ayudó a descifrar el sentido de todo lo demás. En el dorso del recibo de una gasolinera cercana al hospital psiquiátrico Tania había garrapateado:

«Mi amor, no me dejan entrar a verte. Estoy desesperada. Van tres veces que vengo. No sé qué hacer. Ya no está el vigilante que cuidaba antes y me dejaba entrar. Pero aquí estoy esperándote. Siempre, no lo olvides. Ojalá y te llegue esta nota».

Abajo Tania había escrito dos de las frases de las canciones copiadas por Jacinto Anaya:

«Cerca de ti todo es nuevo, es estar en el centro del fuego».

El recibo databa de apenas seis meses atrás. Ambos habían mantenido intacta su relación por sobre mí y a pesar mío. No me lo había imaginado. No había sido capaz de adivinar lo que sucedía a mi alrededor y eso fue lo que más me lastimó.

El plan de Gregorio resultaba demasiado eficaz. Sólo la rabia de un muerto podía generar tanta eficacia. Miré la caja y el altero de papeles impregnados de venganza. Los amontoné en un rincón del piso de la regadera y les prendí fuego. Comenzaron a crepitar las fotografías, los recortes de periódico, los mensajes ocultos, los paquetes sin abrir.

Al apagarse la hoguera giré la llave para que el agua arrastrara las cenizas hacia el drenaje. Quedó en el baño una humareda que me hizo toser. Me senté en el suelo, exhausto, falto de respiración, como si el fuego hubiese consumido todo el oxígeno existente en el cuarto. Me quedé inmóvil varios minutos con la vista fija en la coladera mientras desaparecían las cenizas.

Me sentí tremendamente cansado.

NO TENÍA OTRA escapatoria que olvidar. Sólo borrando el pasado podía enfrentar el dolor. Más que nunca debía amar y confiar en Tania. No le reprocharía nada.

Por más que me doliera debía asimilar el golpe, asumir con humildad que ella poseía misterios a los cuales yo no podía acceder, como tampoco ella a los míos.

Debía olvidar. Por lo menos intentarlo. Perdonar. Olvidar. Olvidar.

NO FUE POSIBLE. Por la tarde recibí otra carta de Gregorio. Al igual que la anterior el sobre venía rotulado con letra de Jacinto. Busqué deshacerme de ella, quemarla antes de abrirla. Ganó mi curiosidad.

La carta contenía dos pliegos. En el primero Gregorio advertía: «Del búfalo de la noche no podrás huir».

La segunda hoja traía escrita una nota que al parecer Tania le había enviado a Gregorio al hospital el quince de enero de este año:

«En cuanto salgas de ahí nos vamos lo más lejos que podamos. Te lo prometo, mi amor. Ahora sí va en serio».

El quince de enero Gregorio ingresó por última vez al hospital psiquiátrico. Egresó dos semanas más tarde, el treinta y uno, cuando Macías y su equipo determinaron que se hallaba listo para readaptarse. Veintidós días después se suicidó.

Dejé caer la carta al suelo. Y no, no había escapatoria. Gregorio no me permitiría olvidar. Me restregaría el pasado y sus secretos con Tania hasta derrotarme, si no es que me había derrotado ya.

Tania había insistido una y otra vez que su rompimiento con Gregorio había sido definitivo y que era a mí a quien amaba. ¿Por qué entonces ese tardío deseo de fugarse con él?

Me vestí con lo primero que apareció en el clóset: un pantalón de mezclilla y una camiseta azul marino. Cogí una chamarra y salí rumbo al consultorio de Macías. Necesitaba encontrar a Jacinto Anaya. No concebí otro modo de detener —al menos momentáneamente— los embates de Gregorio.

• • •

SALÍ DEL CUARTO. Mi madre miraba televisión en su recámara. Sin avisarle tomé las llaves de su coche. Mientras lo sacaba del garaje ella se asomó por la ventana. Me contempló impasible. Con la mano me despedí. Sin hacer ningún gesto ella cerró la cortina.

EN LA AVENIDA los automóviles avanzaban despacio. Una fuga de agua inundaba los carriles centrales, complicando la circulación. El conductor de un Volkswagen sedán quiso eludir el embotellamiento y trató de rebasar montando las llantas de su auto sobre el camellón. En la maniobra golpeó levemente mi carro. En lugar de detenerse el hombre trató de huir pero lo alcancé varias cuadras adelante. Me le cerré para obstruirle el paso. Bajé resuelto a madrearlo. Al verme venir, el tipo accionó los seguros de las portezuelas. Me enfurecí aún más que se quedara adentro. Le toqué en el cristal con los nudillos y le insté a gritos que me pagara el daño. El otro me miró medroso y se recorrió al asiento contrario. Recogí una piedra grande y estrellé su parabrisas hasta hacerlo añicos. Ni, aun así, el hombre se atrevió a salir. Con la misma piedra traté de romper la ventanilla. De pronto me di cuenta que decenas de curiosos me rodeaban. Ninguno de ellos parecía dispuesto a intervenir. Sólo observaban expectantes.

Cesé mi ataque y reparé en mi adversario. Era un cuarentón con facha de oficinista. Estaba aterrado. Me repugnaron sus ojillos asustados detrás de las gafas. Sin soltar la piedra crucé el círculo de los mirones, me subí a mi coche y me largué.

• • •

EL RESTO DEL trayecto conduje alterado, llevando todo el tiempo la piedra en mi mano derecha, incluso al hacer los cambios de velocidad. Fue al llegar al consultorio de Macías que me percaté de que aún la llevaba conmigo. Abrí la ventanilla y furioso la lancé a un lote baldío.

Me quedé en el auto escuchando el radio para calmarme. Macías no debía notarme excitado. No, no debía.

Al descender del carro miré la hora en el reloj del tocacintas: las seis y diecisiete, la misma hora en que Gregorio se había matado. Entré al consultorio. En la sala de espera aguardaba una paciente, una mujer alta y desaliñada, con el cabello pintado y edad indescifrable. Leía una revista y no me prestó atención.

Me presenté en el escritorio de la recepcionista. Alzó los ojos y me preguntó qué se me ofrecía.

—Vengo a ver al doctor Macías.

—¿Tiene cita?

—Sí —le respondí decidido.

—No recuerdo haberlo anotado —dijo con tono impersonal.

—La cita la hice directamente con el doctor —afirmé.

Pidió que le repitiera mi nombre. Sacó una agenda, la abrió en el día correspondiente y negó con la cabeza.

—El doctor tiene llena la tarde, no creo que pueda atenderlo.

—Es que…

La recepcionista me interrumpió, altanera.

—Si desea puedo concertarle una cita para el miércoles de la semana que entra ¿le parece bien a las cinco?

Me incliné hacia ella y la encaré.

—No, no me parece señorita.

—Es que el doctor…

Con el índice derecho rocé el dorso de su mano y acaricié su muñeca. La mujer se sobresaltó.

—Dígale a Macías que lo estoy esperando, que vine exclusivamente porque él me lo pidió.

La recepcionista se humedeció los labios y fingió mostrarse calmada.

—En cuanto salga el paciente de las seis cincuenta le aviso, ya sabe que a él no le gusta que lo interrumpan ¿le parece?

—Me parece.

Macías recibía a sus pacientes en intervalos de cincuenta minutos y dejaba diez minutos entre uno y otro. Miré el reloj que colgaba de la pared: las seis y veintisiete. Me senté junto a la mujer de cabello rojizo. La piel de sus largas manos era tersa. Su rostro se veía ajado, con arrugas en las comisuras de los labios que se acentuaban cada vez que aspiraba un cigarro mentolado. Seguramente era más joven de lo que aparentaba.

No me interesó leer ninguna de las revistas disponibles y para matar el tiempo la imaginé desnuda haciendo el amor. Probablemente las arrugas no provenían de su afición a fumar sino de chupársela noche a noche a su marido, si es que tenía uno. La mujer era flaca pero con el abdomen un poco abultado. Su panza debía ser lampiña y con lunares cruzada por algunas estrías de embarazo. Sus piernas no denotaban firmeza, sus senos sí. Sobresalían en ángulo de noventa grados, puntiagudos, bien separados uno del otro. Leía con la espalda encorvada pero su nuca poseía cierta altivez, aunque no era una nuca que uno deseara besar.

Curioseé el artículo que leía. Trataba sobre un lugar en Oceanía en donde el viento sopla con tal fuerza que la lluvia nunca cae al suelo, nunca. La mujer se incomodó, cambió de posición y ya no pude leer más. Tuve que volver a imaginarla desnuda.

Me entretuve lo suficiente examinándola y el tiempo transcurrió con rapidez. A las seis cincuenta en punto emergió del consultorio un muchacho gordo un poco más joven que yo. Sonriente firmó un cheque y se lo entregó a la recepcionista. Se le notaba estúpidamente alegre. Emitió un sonoro «con permiso» y se marchó. La mujer flaca se puso de pie y se alisó el vestido. «Un momentito» le dijo la recepcionista y entró al consultorio. Salió al minuto, le hizo una seña a la flaca de que aguardara un poco más y me hizo pasar.

MACÍAS ME ESPERABA sentado detrás de un escritorio revisando unas notas. Sin voltear a verme me indicó con las manos que me sentara. Me quedé de pie. Macías terminó y, sin preámbulos, me confrontó.

—Quedamos de vernos ayer a las seis ¿o no?

—Creo que sí —le respondí.

—¿Entonces?

—Tuve que hacer otras cosas.

—¿Y crees que ahora puedes venir aquí, fostigar majaderamente a mi secretaria y hacer esperar a mi otra paciente?

—Hostigar —susurré.

A Macías le encantaba usar palabras como «fostigar», aunque no tuviera idea de lo que significaban. Las empleaba porque le parecían duras.

—¿Qué dijiste?

—Nada.

Chasqueó varias veces los labios en señal de desaprobación.

—Si quiere me voy —propuse.

Miró su reloj e hizo un cálculo mental.

—No, espérate, me quedan cinco minutos y lo que te quiero decir no me llevará más tiempo.

Me instó a tomar asiento. Sacó un sobre del cajón, rodeó el escritorio y se sentó en la silla contigua a la mía.

—Tú sabes de qué se trata esto ¿verdad? —dijo y arrojó el sobre encima del escritorio.

Lo tomé y lo abrí. Dentro venían tres tijerillas resecas y una nota:

«¿Sabes a qué huelen los ratones muertos?».

No era difícil deducir que la frase la había escrito Gregorio. De nuevo resaltaban sus trazos agresivos. El sobre venía en blanco.

—Me llegó el viernes por la tarde —aclaró Macías—, alguien lo echó en el buzón de mi casa.

Puse el sobre y la nota en el escritorio y deliberadamente me quité la chamarra. De inmediato Macías volvió la mirada hacia mis cicatrices.

—No sé de qué se trata —le dije.

—¿Vamos a jugar, Manuel? —inquirió petulante.

—¿A qué?

Macías se levantó y me escrutó con dureza.

—Tienes problemas serios ¿lo sabes?

Asentí.

—Todos los tenemos —agregué.

—No jovencito, no todos… tú sí y no me interesa si quieres resolverlos o no, pero te voy a pedir de favor y repito: «de favor», que no vuelvas a fastidiarme ¿me entiendes?

—Yo no…

Macías se recargó con ambas manos en el respaldo de la silla y me enfrentó.

—No te hagas pendejo. Tú fuiste el único que me mencionó lo de las tijerillas. Nadie más lo hizo.

Era inútil argumentar con él. No tenía caso referirle el nombre de Jacinto Anaya ni ponerle al tanto de las cartas que yo mismo había recibido.

—Está bien —le dije— ¿es todo?

—Sí.

Se sentó de nuevo en el sillón detrás del escritorio.

—¿Podrías decirle a Luisa, mi secretaria, que haga pasar a la señora Rentería?

—Sí.

Macías volvió los ojos hacia el cuaderno de notas sin hacer el menor intento de despedirse. Su actitud me molestó.

—Doctor —le llamé.

—¿Qué?

—¿Sabe o no sabe a qué huelen los ratones muertos?

Macías bajó la cabeza y me miró por encima de las gafas.

—¿Quieres fastidiar otra vez?

—No.

Se llevó la mano a la barbilla y apretó la mandíbula.

—La locura puede resultar más aterradora que la muerte —aseveró con voz pausada.

—Lo sé.

—No, no lo sabes.

—Es como la lluvia que se detiene antes de caer al suelo ¿o no?

—No —respondió con enojo—, y ahora lárgate.

Cogí mi chamarra y salí. No hubo necesidad de llamar a la señora Rentería. Ansiosa esperaba detrás de la puerta. Intercambiamos miradas. Sus ojos acuosos me dieron la impresión de una mujer resignada a una derrota inminente, una derrota que ni de chiste Macías podía conjurar. Le cedí el paso y cerré la puerta cuando entró.

Me encaminé hacia la recepcionista.

—¿Qué desea? —interrogó hostil.

—El doctor Macías me dijo que le pidiera los datos de un paciente suyo: Jacinto Anaya.

—Los datos de los pacientes son confidenciales.

—El doctor lo autorizó.

—Es que...

—¿Quiere que lo interrumpamos? —pregunté y señalé al consultorio. La mujer me miró dubitativa. Tecleó en la computadora y volteó el monitor para que yo no pudiera verlo. En una tarjeta anotó el número telefónico y me lo entregó.

—¿Cuál es la dirección?

—Esa referencia no se la puedo dar —explicó— y si insiste entonces sí voy a tener que interrumpir al doctor.

El número telefónico me resultó suficiente.

—Gracias —le dije, le sonreí con amabilidad y me fui.

«¿SABES A QUÉ huelen los ratones muertos?». La frase derivaba de un juego de palabras, un poco bobo, que inventamos Gregorio y yo durante la preparatoria:

—¿Sabes a qué huele lo que tiene una mujer entre las piernas?

—Sí.

—¿Es cierto que a pescado?

—¡No!

—¿Entonces?

—A ratón.

—¿Un ratón vivo?

—No, uno muerto.

—¿Y a qué huelen los ratones muertos?

—A lo que tiene una mujer entre las piernas.

El juego comenzó cuando Irma, una compañera de salón a quien apodaban la «Chiquis», llevó a la escuela una falda muy corta y al cruzar las piernas dejó ver fugazmente unos calzones con la figura de Mickey Mouse.

Con el tiempo la broma terminó en una clave. «¿Sabes a qué

huelen los ratones muertos?» significaba: anoche me cogí una mujer. Era la forma de aludir a un encuentro sexual.

Dudo que Macías conociera el sentido de esta clave. Era demasiado privada, demasiado de nosotros. No logré explicarme por qué Gregorio se la había enviado pero me precipitó a unos celos incontenibles.

Deduje que, en una de sus triangulaciones exactas y disparatadas, Gregorio me hacía saber a través de la carta a Macías que al fin había logrado penetrar a Tania, derramar su semen dentro de ella y que las tres tijerillas simbolizaban precisamente ese semen.

¿Sabes a qué huelen los ratones muertos? Mientras más transcurrían los minutos más me enardecía. Quise creer que Gregorio deseaba burlarse de su psiquiatra, que quizás se había acostado con su hija o su esposa o su amante. Pero ¿cuál era el caso de hacérselo saber tan sutilmente? No, Macías no merecía una carta así: era en exceso imbécil.

La sola idea de que Gregorio podía alcanzarme a través de terceros me estremeció. Pronto podría acorralarme, orillarme de nuevo hacia el abismo. Pese a su estupidez, Macías no se equivocaba: la locura —es cierto— puede resultar más aterradora que la muerte.

FURIOSO ME DIRIGÍ a casa de Tania, dispuesto a pelear, a insultarla, humillarla. Me valdrían madres sus explicaciones: en ese momento iba decidido a no perdonarla jamás.

Toqué el timbre. La aguda voz de Laura, su hermana, se oyó por el intercomunicador.

—¿Quién?

—Soy yo, Manuel.

—No está Tania —dijo cortante.

—¿Adónde fue?

—No sé; salió temprano.

Se hizo un silencio en el interfono. No supe si Laura seguía ahí. Me reventaban los dichosos aparatitos.

—¿Laura?

—¿Qué?

—¿A qué horas regresa?

—De verdad no sé... bueno, te dejo porque estoy ocupada.

—Laura —grité para que no se fuera.

—¿Qué?

—Traigo unas cosas para Tania, ¿me puedes abrir para que te las dé?

—Vuelve al rato.

—No puedo.

—Está bien, ahí voy.

Abrió la puerta después de hacerme esperar un largo rato. Vestía unos *shorts* caqui, un blusón y unos tenis.

—¿Qué me vas a dar?

Alcé los brazos como si un objeto hubiera desaparecido entre ellos. Me miró con cara de hastío.

—No te hagas el chistocito, Manuel; no tengo tu tiempo —dijo y entrecerró la puerta.

La detuve con el antebrazo.

—¿Puedo pasar a esperar a Tania?

—No, estoy ocupada. Adiós, ven después.

Trató de cerrar la puerta, pero se lo impedí empujando con el codo.

—No, prefiero esperarla.

—Estoy sola y no voy a poder atenderte —me espetó de mal humor. Todo lo que hacía parecía hacerlo de mal humor.

—No quiero que me atiendas —le dije y entré. Ella azotó la puerta.

Pasé a la sala y me senté en un sillón. Ella se me quedó mirando con los brazos en jarra.

—Eres muy agresivo ¿sabes?

Se veía muy linda en *shorts*. Me costaba reconocerlo, pero tenía piernas más bonitas que las de Tania.

—¿Por?

—Te pedí que no entraras.

En sus palabras había un acento de indefensión.

—Sólo quiero esperar a Tania.

—Pero te pedí que no entraras —repitió ahora sin mal humor.

Se le percibía dolida, como si acabara de inflingirle una gran humillación.

—¿Qué te pasa? —le pregunté, confundido.

—Nada, pero no me gusta que te metas como Juan por tu casa.

—Si quieres me voy.

Negó con la cabeza y se sentó en el respaldo del sillón.

—Sigue con lo que estabas haciendo —le propuse, pero ella no me respondió. Se quedó contemplando un cenicero sobre la mesa de centro.

Laura era una muchacha casera apegada a sus padres. La personalidad de Tania la apabullaba y su modo de defenderse de ella era criticándola acremente. En especial reprobaba que anduviera con el mejor amigo de su ex novio.

Había una razón más: Gregorio había pretendido a Laura antes que a Tania, pero le pareció insulsa. Laura consideró el noviazgo de ellos como una derrota íntima, dolorosa, no tanto porque le interesara Gregorio, sino porque su hermana se impuso una vez más sobre ella.

En una ocasión, mientras Tania cocinaba la cena, subí al segundo piso a buscar un libro. Cuando regresaba por el pasillo Laura salió de súbito del baño completamente desnuda sin una toalla con que cubrirse. Quedamos frente a frente. No gritó ni hizo aspavientos para taparse. Se mantuvo callada y quieta. Bajé la mirada y contemplé su cuerpo, sus senos vehementes, su cadera estrecha, el rizado vello de su pubis castaño. Laura continuó estática, persiguiendo mis ojos con los suyos. Estuvimos así cuarenta, cincuenta segundos, hasta que decidí franquearle el paso. Ella atravesó frente a mí, morosa. La contemplé de espaldas recorrer el camino hacia su cuarto.

Nunca comentamos al respecto y nos comportamos como si nada hubiera sucedido. Estoy seguro que esos cincuenta segundos los apreció como un triunfo: de alguna manera, al excitarme, había vencido a su hermana.

Después de aquel encuentro, Laura actuó un poco menos severa conmigo, tan sólo un poco.

—¿QUIERES TOMAR ALGO? —preguntó de improviso.

—No gracias —le dije— y de verdad vete si tienes que hacer algo.

Asintió, se puso de pie y subió las escaleras. Me dirigí a buscar un libro en el estudio del padre, pero sólo hallé tratados de derecho, bestsellers y novelas condensadas por el *Reader's Digest*. Descubrí una revista sobre el escritorio y volví a la sala a hojearla.

No pude concentrarme en leer. A ratos me sentía furioso, a ratos nervioso. En cualquier instante Tania podía aparecerse y, aunque había preparado mentalmente un discurso, lo más probable es que no supiera qué decirle al verla.

Fui a la cocina a servirme un vaso con agua con la intención de serenarme. Al cruzar por las escaleras escuché sollozos provenientes de la planta alta. Subí con sigilo y me senté en el último peldaño a escuchar. Laura hablaba por teléfono con una amiga y con tristeza le relataba cómo el muchacho con el cual salía la había mandado al diablo. No se explicaba los motivos por los cuales él había procedido así.

Los hombres siempre terminaban por botar a Laura. Podía ser como consecuencia de su mal humor, su falta de carácter o porque quizás ella los empujaba inconscientemente a que la abandonaran. Sólo había tenido un novio, con quien duró tres meses. Un tipo fantoche y cruel que la maltrató con saña. «Eso se gana por pendeja y mamona» comentó Tania. Yo estaba en desacuerdo: Laura era una mujer apocada e insegura, no una mala persona.

Mientras hablaba por teléfono, Laura pronunció constantes «¿Por qué? ¿Por qué?». Se le notaba muy afligida. Era probable que su amiga intentara animarla con: «Así son los hombres», «No importa: hay otros» o cualquier pendejada por el estilo, pero en lugar de calmarse Laura sollozaba con mayor intensidad.

Colgó luego de un cuarto de hora. La oí sonarse como niña chiquita. Algún impulso paternal se despertó en mí y me dirigí a su recámara a consolarla.

La puerta estaba entreabierta. Laura se hallaba tirada boca abajo sobre su cama, con el cabello revuelto, descalza, con un pie encima del otro y un kleenex en la mano izquierda. Gimoteaba con espasmos irregulares. Al igual que la flaca del consultorio, Laura parecía una mujer destinada a capitular, a sabotearse a sí misma. En ese momento entendí por qué los hombres la repudiaban. Di media vuelta y regresé a la sala.

LOS PADRES DE Tania arribaron una hora después. Les sorprendió mi presencia en su casa.

—Tania nos dijo que iba a ir al cine contigo —explicó la madre.

—Sí, pero necesitaba terminar un trabajo de la universidad y quedamos de vernos aquí a la nueve —mentí.

Laura bajó a la sala en *shorts* y su padre la reprendió por andar vestida así.

—Vete a cambiar de ropa —ordenó.

—Ya estoy grandecita para saber qué me pongo —protestó Laura.

—No, mientras vivas en esta casa.

La madre intercedió y Laura se salió con la suya. El padre de pronto asumía falsas posturas conservadoras. Estoy seguro que le valían sorbete, pero le servían para imponerse sobre su hija mayor y así compensar la desobediencia y rebeldía de Tania.

El padre se sentó a platicar conmigo. Hubiera preferido que me dejara a solas, no porque lo considerara un tipo aburrido, al contrario, tenía gracia, pero no me atraía oír pormenores de las corruptelas en las mesas de conciliación y arbitraje, corruptelas en las cuales él era un experto. Por fortuna recibió una llamada telefónica y me dejó en paz.

Más tarde la madre me ofreció de cenar. Acepté y me senté a la mesa con ella y Laura. Para la familia de Tania la cena debía ser frugal. Me sirvieron un plato con dos cucharadas de verduras cocidas y una delgada tira de filete de mojarra asado. No sé cómo ninguna de ellas era anoréxica.

Los padres no me consideraban el novio ideal para su hija, aunque por supuesto me preferían sobre Gregorio. Me toleraban porque creían que Tania era una muchacha problemática y que de algún modo yo le brindaba cierta estabilidad. «Esa niña necesita mano dura», afirmó en una ocasión su padre. Él nunca se la aplicó, no porque no lo deseara, sino porque Tania supo dominarlo desde chica. Nunca se alteró con sus gritos ni le afectaron sus regaños. Se limitaba a ignorarlo y a largarse a otro lado. En cambio Laura se achicaba frente a su padre y soportaba sus abusos autoritarios.

• • •

TANIA NO LLEGÓ y a las once y media decidí irme. Telefoneamos a varias de sus amigas y ninguna supo de ella. Antes de partir la madre me tomó de la mano. «Ayúdala —dijo mientras me la apretaba—, ayúdala por favor».

Al arribar a la casa mi padre me aguardaba.

—¿Por qué te llevaste el carro de tu mamá sin pedírselo? —me reclamó.

—Me salió algo urgente.

—¿Y por eso no le avisaste?

Me alcé de hombros.

—Tu madre tenía una reunión con sus amigas y no tuvo cómo irse.

—Perdón —musité.

—A quien tienes que pedirle perdón es a ella; está muy enojada.

—Mañana hablo con ella —le dije.

Mi padre sacudió la cabeza y se encaminó a su recámara. Yo entré a la mía y me senté en el piso. La ausencia de Tania me golpeaba de nuevo. El discurso que había preparado, los insultos, la escena de celos, se me atragantaron. Llamé a Margarita. Tenía la esperanza de que Tania se hallara otra vez estacionada frente a su casa.

—Quiubo —la saludé al contestar.

—¿Quién habla? —interrogó adormilada.

—Manuel.

Se quedó en silencio unos instantes.

—No puedo hablar contigo —dijo.

—¿Por?

—Hay una bronca muy dura aquí en la casa.

—¿Qué pasó?

—No sé cómo, pero Joaquín se enteró de lo nuestro.

—¿Cómo supo?

—No tengo idea.

—¿Y tú qué le dijiste?

—Que era mentira.

—¿Tus papás saben?

—Ajá.

—¿Y?

—Mi papá está furioso y Joaquín también. Dicen que si no te bastó cogerte a la novia de Gregorio.

—Niégalo todo.

—Ya les aseguré cien veces que entre nosotros no pasó nada, pero no me creen.

—Yo pienso que…

De súbito me interrumpió.

—Viene alguien, adiós —dijo y colgó.

Nadie podía saber lo nuestro. Fuimos cuidadosos y discretos. Sospeché que Jacinto Anaya había sido el soplón. Pero ¿cómo pudo él saberlo? Saqué la tarjeta donde venía anotado su número telefónico. Marqué despacio, procurando no equivocarme al pulsar los botones. El teléfono timbró cuatro veces y a la quinta contestó una grabadora. «No estoy en casa. Deja tu recado, tu nombre y dónde localizarte después del *bip*», ordenaba una voz masculina, rasposa. Colgué.

A la media hora llamé de nuevo. Sonó la grabación y volví a colgar. Así actué sucesivamente hasta que, harto, a las dos de la mañana, dejé un mensaje:

—Jacinto Anaya, soy Manuel Aguilera. Si eres tan hombrecito ven a mi casa a dejarme las cartas en persona. Dámelas cara a cara pinche puto ¿o te da miedo? Si tienes algo que decirme, dímelo de frente. Mi teléfono es el 635-00-19.

Colérico, azoté la bocina.

Extenuado me quedé dormido con la ropa puesta y la luz prendida. A las cuatro de la mañana repiqueteó el teléfono. El timbrazo me sobresaltó.

—Bueno.

—Tania no ha llegado —dijo Laura al otro lado de la línea.

Me extrañó que hablara para avisarme.

—Mi mamá no ha parado de llorar en toda la noche —continuó.

—¿No tienen idea dónde puede estar? —le pregunté.

—Si no la tienes tú, menos nosotros.

Respiró hondo y prosiguió.

—No sé cómo puedes andar con ella; es una verdadera hija de la chingada.

Me sorprendió su rudeza, no acostumbraba expresarse así.

—No lo es.

—No la defiendas. Qué tal si a lo mejor ahorita está cogiendo con otro y tú en la pendeja.

—O a lo mejor el que está cogiendo con otra es el galán con el que salías.

—Eso no te importa —increpó.

—Puede ser ¿no crees?

—¡Idiota! —gritó y colgó.

No pude conciliar el sueño el resto de la noche. Me sentía acorralado, confundido, humillado, celoso. ¿Y si lo que suponía Laura fuera cierto? ¿Qué demonios estaría haciendo Tania? ¿Dónde chingados se había metido?

Mis padres dormían y no me era posible entrar a su cuarto a buscar los somníferos de mi madre. Como nunca ansié las malditas pastillas, ingerir el frasco entero y quedar noqueado toda una semana. Amaneció. Me quedé en la cama envuelto entre las cobijas escuchando los ruidos de la otra vida. Oí a mi padre salir quedamente de la casa, el despertador de mi hermano, a mi madre descender por las escaleras, a la sirvienta barrer el patio, el estruendo de la licuadora, el motor del autobús escolar que recogía a las gemelitas de la casa de enfrente. La otra vida.

A las diez de la mañana decidí levantarme. Abrí la ventana. El aire era tibio, el cielo diáfano. Bajé a desayunar. Mi madre picaba unas verduras sobre la mesa del desayunador. Me observó de soslayo.

—¿No piensas ir a la universidad? —inquirió.

—Al rato —respondí.

Hizo una mueca de disgusto y continuó con su tarea. Cuando ingresé a la universidad presenté un examen psicológico, un cuestionario escrito en el cual sólo podía contestarse: «sí/no/no sé». Una pregunta formulaba: «¿Te llevas bien con tu madre?». Tardé quince minutos en elegir. Taché el «sí» sin convicción, cuando la respuesta correcta debía ser: «No sé».

Me preparé unos huevos estrellados con jamón y los comí sentado frente a ella, sin hablarnos, cada cual ocupado en lo suyo. Y no le pedí perdón por haberme llevado su coche.

REGRESÉ A MI cuarto a tratar de dormir. Hacía calor. Me desnudé, me recosté boca abajo y cerré los ojos. Empezaba a soñar cuando sentí que una tijerilla recorría mi espalda.

Me rodé sobre el colchón tratando de aplastarla y me incorporé a sacudirme. Destendí la cama y la revisé minuciosamente. Una vez más: no había nada.

Pese al calor me puse la piyama azul de franela y me cubrí con las cobijas. Así pensé estar mejor protegido. Logré dormirme dos, tres horas, hasta que me despertaron unos toquidos en la puerta.

—¿Quién? —pregunté.

—Te hablan por teléfono —dijo mi madre con enfado y se alejó.

Tomé la bocina.

—Bueno.

—¿Manuel?

—Sí.

—¿Sabes quién habla?

—No.

—Jacinto Anaya.

Azorado enmudecí unos segundos.

—¿Qué quieres? —le pregunté.

—¿Qué quieres tú?

—Que dejes de estar chingando.

—Ni siquiera te conozco —dijo burlón.

Nos quedamos callados. Su voz era más honda, más varonil, de como se escuchaba en la grabadora. No correspondía a su figura rechoncha ni a su caligrafía blanda.

—Si no me conoces, entonces deja de mandarme cartas y recaditos pendejos —troné con rabia.

—Tenemos que hablar ¿no crees? —dijo de improviso.

—Si no te da miedo —le dije.

—Te espero a las cinco, en el zoológico, en el foso de los jaguares. Supongo que sabes dónde está ¿verdad? —expresó con ironía.

—Sí.

No dijo más y colgó. Citarme precisamente en el foso de los jaguares me pareció una declaración de guerra. Demostraba saber más de mí de lo que yo imaginaba. Traté de llamarle de vuelta para mentarle la madre, pero primero su teléfono sonó ocupado y luego contestó la grabadora.

A LAS TRES de la tarde me bañé, me vestí y saqué de la gaveta la pistola que me había regalado Camariña. Ignoraba quién era en realidad Jacinto Anaya: si un loco peligroso o sólo un idiota participando en el juego equivocado.

Me puse un suéter de lana, una prenda absurda para un día tan caluroso pero lo suficientemente holgada para disimular el bulto del revólver en mi cintura.

No podía deambular armado por la ciudad en taxi o en transporte público. Necesitaba el automóvil de mi madre. Busqué las llaves para llevármelo, pero ella las había escondido. No quedó más remedio que pedírselo prestado. Por supuesto se negó. Aduje razones escolares de urgencia. Volvió a negarse.

—De verdad lo necesito —imploré.

—Yo también.

—No tanto como yo.

—Tú qué sabes —dijo molesta. Se levantó y cerró la puerta de su cuarto.

Recordé que mi padre guardaba duplicados de las llaves en un escondrijo en el cuarto de lavado. Esculqué rincón por rincón y no las hallé. Nunca le puse atención cuando me explicó dónde las ocultaba por si se presentaba una emergencia.

Resignado salí a la calle a esperar un taxi. Conseguí uno después de media hora. Dentro del coche hacía un calor del carajo pero no me atreví a quitarme el suéter. Abrí la ventanilla y recargué la cabeza sobre el respaldo. El taxi avanzaba con demasiada lentitud entre las hileras de vehículos. El calor me mareó. Cerré los ojos y vino a mi mente la imagen del blanco torso de Rebeca.

Sólo su torso, desnudo, sin rostro, irguiéndose húmedo después de hacer el amor. Abrí los ojos. Los carros se movían despacio. Los conductores miraban hastiados hacia el frente, una mujer regañaba a un niño, un trailero se secaba el sudor con un pañuelo y un torso blanco se desvanecía de mi memoria, un torso que nunca más volvería a acariciar, besar, oler. Extrañé a Rebeca, a su torso blanco, a sus orgasmos silenciosos. Extrañé su paz, su quietud. Su quietud.

Me aseguré de llevar bien acomodado el revólver en mi cintura, volví a cerrar los ojos y me quedé dormido.

ARRIBAMOS AL ZOOLÓGICO después de casi una hora. El chófer me despertó con un «Ya llegamos joven». Me erguí. El taxímetro marcaba cuarenta y dos pesos. Pagué con un billete de cincuenta, el único que traía en mi cartera. El taxista me devolvió el cambio en monedas de cincuenta centavos.

Le pregunté a un muchacho la hora. Diez para las cinco. El tiempo había transcurrido deprisa. Me paré frente a la puerta del zoológico. Los paseantes vagaban distraídos, algunos vendedores ambulantes voceaban sus mercancías, una pareja se besaba. Tragué saliva y entré.

Con decisión me dirigí al foso de los jaguares. A medio camino sentí que algo faltaba a mi izquierda. Me detuve y volteé: la jaula que habitaba el coyote de pelaje ocre se encontraba vacía. Me acerqué. No había más que un puñado de heces resecas apiladas en una esquina y un roído hueso de caballo. Le pregunté a un empleado qué había sucedido con el coyote.

—Se murió —respondió.

—¿De qué?

—¿Quién sabe? Ya ve que hay cantidad de chamacos malosos

que les avientan cualquier cantidad de porquerías. Fíjese que un día se murió un hipopótamo y cuando lo abrieron le encontraron en el estómago una manopla de béisbol, a un jabalí le hallaron una mamila de bebé…

Volví la mirada hacia la jaula. Recordé al coyote trotando en círculos, intenso, vivaz.

—Deberían tener más cuidado…

—Tratamos, tratamos —dijo el empleado con verborrea de burócrata.

—Qué chingados van a tratar —le dije y me largué.

LLEGUÉ A LA zona de los felinos y disminuí el paso. Me aproximé lentamente tratando de descubrir a Jacinto Anaya antes de que él me descubriera a mí. Llegué al foso y no hallé a nadie. Como de costumbre, los dos jaguares se hallaban echados, inmóviles, enroscando la cola de vez en cuando.

Me retiré a unos metros del lugar y me senté en una banca bajo la sombra de un gran árbol desde donde podía ver a quienes arribaban al foso por los dos senderos que conducían al lugar.

Pasaron los minutos. Una mujer con uniforme gris comenzó a barrer detrás de mí. Me quité para que no me llenara de polvo y busqué otro sitio donde apostarme. De pronto avisté a Tania que llegaba por uno de los senderos. Me escondí detrás del tronco de un árbol. Ella se detuvo frente al foso, miró hacia todos lados, sacó un cigarro de su bolso, lo prendió y se dedicó a contemplar a los jaguares.

Le observé durante un rato. Fumaba preocupada. Advertí en ella gestos que nunca antes le había visto realizar. La forma en que expelía el humo, cómo se mordía las uñas, cómo levantaba la barbilla hacia el sol. Me pareció una extraña, una mujer desconocida y distante. Sentí un malestar, un arañazo en el estómago. No aguanté más y me acerqué a ella.

—¿Qué haces aquí? —le pregunté.

Ella se volvió, me miró sorprendida y de inmediato tiró el cigarro (una antigua promesa suya establecía que nunca fumaría delante de mí luego de saber que mi abuela había muerto de enfisema pulmonar).

—¿Qué haces tú aquí? —inquirió turbada.

—Te vine a buscar.

—¿Cómo sabías que vendría?

—Cada vez que te pierdes aquí te busco.

—Me conoces bien —dijo con una media sonrisa, nerviosa. Se humedeció los labios y suspiró con largueza.

—Te extrañé mucho —dijo.

Negué con la cabeza.

—No es cierto.

—¿Por qué no me crees?

—Porque si me hubieras extrañado hubieras llegado a darme un beso.

—Me asustaste —dijo. Me abrazó y me besó en la boca.

—¿Esperabas a alguien más? —pregunté.

—No ¿por qué?

—Porque yo sí.

—¿Una nueva galana? —bromeó.

—No, a un amigo. Quizá lo conoces: Jacinto Anaya. Al oír el nombre de Jacinto, Tania desvió la mirada hacia donde dormitaba el jaguar macho.

—Son bonitos ¿verdad?

—A mí me aburren.

—¿Por?

—No se mueven, no hacen ninguna gracia.

Tania se apartó el cabello que caía sobre su rostro y sonrió. Ese era el gesto suyo que más me agradaba y ella lo sabía. Era su modo de seducirme, de atenuar la tensión.

—Eso es lo que más admiro de ellos: que se están quietos todo el día pero les basta un segundo para matar.

Tania se volvió hacia el foso y señaló al macho.

—Míralos: son los animales más hermosos sobre la tierra. Registré los alrededores para confirmar que Jacinto Anaya no se encontrara por ahí. Tomé a Tania del brazo y la jalé. Ella creyó que lo hacía con la intención de darle un beso y dispuso sus labios, pero la esquivé.

—¿Qué te pasa? —inquirió.

—¿De dónde conoces a Jacinto Anaya? —le pregunté apretándole el brazo.

—Yo no sé quién es ése —respondió y trató de librarse.

—No te hagas pendeja —le grité y le apreté aún más. La mujer que barría dejó de hacerlo y se detuvo a observarnos.

—No hagas uno de tus *shows* —advirtió Tania. La solté y ella se sobó el brazo. Hurgó entre el bolso, sacó otro cigarro y lo encendió.

—Son los animales más hermosos —repitió mirando hacia el foso.

—¿De dónde lo conoces? —insistí.

Tania dio una larga chupada al cigarro y soltó el humo inclinando la cabeza. Otro gesto suyo desconocido para mí.

—Ya te dije que no sé quién es —respondió irritada.

Nos quedamos callados. Ella recargó la frente sobre la alambrada. Su cabello resplandecía con el sol.

—¿En dónde te metiste anoche?

Se giró a mirarme con cara de fastidio.

—En casa de Claudine Longega.

—No es cierto —refuté.

—Claro que sí.

—Laura le habló y Claudine dijo que no sabía dónde estabas.

Tania sonrió sarcástica.

—No le creas todo a la pendeja de mi hermana.

—Yo estaba junto a ella cuando habló.

Tania volvió a poner cara de fastidio.

—Ya caray, no me estés chingando —dijo y se llevó el cigarro a la boca. Con un manotazo se lo arranqué de los labios. El cigarro voló y fue a caer al canal de agua que separaba el foso de la alambrada.

—Me emputa que fumes —vociferé.

Tania me miró indignada con los ojos anegados de lágrimas.

—¿Por qué? —preguntó y agachó la cabeza—. ¿Por qué quieres saberlo todo?

Se llevó la mano izquierda al rostro y comenzó a llorar quedamente. La cogí de los hombros y la atraje hacia mí.

—Sólo respóndeme esta pregunta. No te pido más. En estos últimos meses ¿cuántas veces te acostaste con Gregorio?

—Ninguna —susurró.

—No seas mentirosa ¡chingados!

Tania subió las manos, las plantó contra mi pecho y me empujó hacia atrás.

—Ninguna —repitió.

Se enjugó las lágrimas, apretó los dientes y dio media vuelta para partir. De un salto me interpuse en su camino.

—Mírame a los jodidos ojos, mírame y dime la verdad por primera vez en tu vida, te lo pido por favor.

Tania chasqueó la lengua y sacudió la cabeza.

—Gregorio ya no importa.

—Dímela.

Me miró a los ojos y alzó el mentón retadora.

—No la mereces.

—¿Ah no?

—No.

Hizo otro intento por irse, pero le bloqueé el paso. Ya no lloraba.

—Dímela.

—Me acosté con él como cinco veces menos de las que tú te acostaste con Margarita —confesó.

Su revelación me enardeció.

—Yo nunca me acosté con Margarita —afirmé— y tú sí con Gregorio, pinche puta.

—¿Ahora te toca a ti decir mentiras? —preguntó con sorna.

—No es mentira ¡carajo!

Tania arqueó las cejas y me clavó la mirada.

—Ya basta de estupideces ¿no?

Empecé a sentir que perdía el control y le jaloneé la blusa.

—Pinche puta, pincha puta —le grité, rabioso.

Tania dio un paso hacia delante y con el dorso de la mano me golpeó en la mandíbula.

—Estamos a mano, cabrón.

Saqué la pistola y Tania retrocedió asustada.

—¿Qué haces? —preguntó.

—Eres una puta —vociferé iracundo.

Disparé al aire. La mujer que barría se arrojó al suelo y se cubrió con los brazos. Tania me miró, azorada.

—¿Qué haces? —repitió temerosa.

Deseaba controlarme, aventar la pistola entre los árboles y dominarme, pero sencillamente no pude.

Giré hacia el foso y comencé a disparar contra el jaguar macho.

El primer balazo le pegó en los cuartos traseros. El jaguar se incorporó vertiginoso y empezó a dar vueltas en círculo. Corregí la puntería y el segundo y el tercer disparo le pegaron en el pecho. El jaguar rugió de dolor y se revolcó en el suelo. Vacié sobre él el resto de la carga sin herirlo más.

Los rugidos del jaguar se escucharon ensordecedores. Un vigilante comenzó a soplar su silbato. Tania y yo nos miramos.

—Perdón —musité.

Los silbatazos se hicieron cada vez más próximos y me solté a correr. Brinqué unos arbustos y a toda velocidad me dirigí hacia la salida. Un vigilante intentó detenerme y lo arrollé. Me di cuenta de que jamás alcanzaría la puerta. Salté la vía del trenecito y trepé por el enrejado que rodeaba el parque con el revólver aún en la mano. Caí del otro lado y corrí y corrí. La gente se apartaba al verme. En mi carrera descubrí una alcantarilla con la tapa rota y ahí eché la pistola. Sudaba. El suéter de lana me picaba el cuello y la espalda. Y a cada paso sudaba más.

Crucé Paseo de la Reforma eludiendo los automóviles, luego atravesé los estacionamientos del Museo de Antropología y me interné en la zona de Polanco. Corrí durante cuadras y cuadras hasta que reventé. Me escondí detrás de la barda de un lote baldío y me dejé caer sobre un montículo de pasto crecido. Estaba asustado de mí mismo, arrepentido. Pensé que la policía no cejaría hasta encontrarme y que decenas de patrullas andarían en mi búsqueda. Me quité el suéter. El sudor mojaba mi espalda y mi pecho. La comezón por la lana era insoportable. Me temblaban las piernas. Se me dificultaba respirar. Hundí el rostro en el pasto. No entendía por qué lo había hecho. Me puse a llorar como si llorara el dolor del otro, hasta que oscureció.

ME QUEDÉ TENDIDO sobre el pasto durante cuatro, cinco horas. Cansado, muy cansado. Sentía que el tiempo resbalaba, como si en realidad no transcurriera. Las luces me parecían opacas, los ruidos silenciosos: de mentira. Todo de mentira. Una escenografía.

Una familia de ratones cruzaba una y otra vez frente a mí. Tres ratones grandes y cuatro pequeños que iban y venían desde unas tablas arrumbadas. Siete fantasmas grises. Quise matar a uno, destriparlo y dejar que se pudriera al calor de la noche. ¿A qué huelen los ratones muertos? ¿Lo sabría Tania? Tania, Tania. Yo me pudría al calor de esa noche y al jaguar se le pudrían las heridas. ¿A qué huele lo que tiene una mujer entre las piernas? ¿Huele a ratón muerto? ¿O huele a traición? ¿O huele a Gregorio o huele a mí? ¿A qué chingados huele?

Pensaba y pensaba y no me movía, mirando a los ratones, boca abajo, en espera de que el mundo, en una de sus vueltas, terminara por arreglar lo que yo había desarreglado. Y no me movía, pensando… pensando, mientras los ratones se deslizaban frente a mí, nerviosos, vigilantes.

Logré incorporarme y me senté en el montículo. Los ratones huyeron. Los espié en su madriguera pero ya no aparecieron. Decidí que lo mejor que podía hacer era refugiarme en el 803. Salí a la calle. Aunque una estación del metro se encontraba cerca, preferí tomar un taxi. Le pedí al conductor que me llevara a la calle de Pirineos, en la colonia Portales. Abrí la ventanilla para que el viento me pegara en la cara. Pensé en Tania. No quería perderla. La amaba demasiado, caray, demasiado.

El taxímetro marcaba progresivamente quince, veinticinco, treinta pesos. Metí la mano dentro del bolsillo del pantalón y extraje el puñado de monedas de cincuenta centavos que me sobraban.

Cuando en un crucero el taxista disminuyó la velocidad arrojé las monedas sobre el asiento delantero, bajé del carro y corrí por una calle en sentido contrario. Alcancé a oír al taxista mentándome la madre.

Llegué al motel. Pancho miraba la televisión en la oficina sentado sobre un banquillo.

—Quiubo —le dije.

—Quiubo —respondió.

Me alivió encontrarlo. El moreno había enfermado y Camariña le había pedido a Pancho que lo relevara. Por lo menos contaría con él a lo largo de la noche.

Me quedé un rato a ver la televisión. Pancho estaba al tanto de los avatares de la telenovela que mirábamos y durante los comerciales me explicaba a grandes rasgos la trama. Se trataba de una muchacha que se debatía entre continuar su relación con un hombre casado, quien la amaba con locura, o terminar con él para irse a vivir a un pueblo cerca del mar. Según me relató Pancho, la muchacha llevaba cien episodios sin decidirse y había visos de que tardaría otros cien en hacerlo.

Al finalizar el capítulo presentaron un avance informativo. Noticias sobre una gira presidencial, una nueva ley de fomento al comercio exterior, la captura de unos robacoches. Nada sobre lo sucedido en el zoológico.

Pancho me informó que Tania no se había aparecido por el motel. «No han venido clientes —se lamentó—, esto es muy aburrido». Me convidó de unos tacos de pollo que le había preparado su madre (¿serían los equivalentes a mis sándwichs de pollo?). Al terminar de comer miró el reloj, se disculpó y salió a poner una carga de sábanas en las lavadoras. Me pesó que partiera.

Me encaminé al cuarto. En el pasillo me topé con el muchacho de pelo crespo. Me saludó afectuoso, como si entre nosotros prevaleciera una larga amistad. Se detuvo a charlar conmigo y en veinte minutos me narró la historia de su padre alcohólico, la boda de su hermana con un canadiense, las excelentes calificaciones de su sobrino en la primaria y una semblanza de su bisabuelo. Yo hubiese querido que siguiera y siguiera hasta el amanecer, que no me dejara solo, pero llegó una pareja en un Jetta blanco y se retiró a cobrarles. El cuarto lucía impecable. Habían cambiado la colcha por una nueva y aún se percibía el aroma del líquido limpiapisos. La novela de Eusebio Ruvalcaba continuaba abierta sobre el buró en la misma página en la cual yo la había dejado.

Me acosté desnudo sobre la colcha nueva. Ignoraba qué sucedería en el futuro, si me reencontraría con Tania, si volvería a saber de Jacinto, si lograría librarme de Gregorio y su agenda de destrucción. De pronto todo me pareció ridículo: las cartas, las desapariciones de Tania, el misterio de Jacinto, los secretos revelados, el jaguar herido, yo mismo.

Tomé la novela de Ruvalcaba. Oralia, una amiga, me había enseñado un método para utilizar cualquier libro como si fuera el *I Ching*. Consistía en formular una pregunta, luego abrir el libro al azar e invariablemente leer la quinta frase del tercer párrafo. Había que descartar los diálogos, las páginas que no completaran al menos tres párrafos y —obvio— los párrafos construidos con menos de cinco frases.

«¿Qué está pasando?», pregunté. Hojeé con rapidez el libro y me detuve en la página ochenta y uno. La frase decía: «Cada individuo contaba su propia versión». Me pareció una puntual síntesis de lo que sucedía a mi alrededor. Había demasiadas versiones de una sola historia y lejos de aclararla, la hacía más confusa. Gregorio contaba ferozmente su versión, Tania huía de la suya, a Margarita le pesaba la suya y yo buscaba la mía.

«¿Qué va a suceder?» fue mi segunda pregunta. Tocó en suerte la página diecinueve. La frase decía: «Y el militar esperaba a la muerte como se espera al amanecer». La frase me pareció una premonición terrible: ¿quién esperaba la muerte? Tuve miedo y cerré el libro. Apagué la luz pero no logré dormirme: temía mi encuentro con la noche, con la larga noche del búfalo azul.

Salí del cuarto a tomar aire. A Pancho lo encontré dormido sobre un sillón en la oficina. Busqué al muchacho de pelo crespo para conversar son él. Recorrí el cuadrángulo de las habitaciones tratando de localizarlo pero no lo hallé. Di vuelta a la recepción y entré al pasillo que corría detrás de los cuartos hacia la lavandería. Lo descubrí agazapado bajo la ventana del 804 espiando a la pareja del Jetta blanco a través de una rendija entre las cortinas. Alcancé a notar que se masturbaba. La intimidad convertida en espectáculo porno. ¿Cuántas veces el cabrón no nos habría espiado a nosotros? Me dio lástima y asqueado regresé al cuarto.

EL CANSANCIO ME venció y cuando abrí los ojos eran las diez de la mañana. Me puse el pantalón y salí al patio. Pancho lavaba el piso de una de las cocheras, de buen humor, como siempre. Le pregunté si había comprado algún periódico del día para prestármelo. Fue a la oficina y me trajo el *Reforma*. Me senté a leerlo sobre la alfombra. En un recuadro en la primera plana se informaba de la muerte del jaguar a manos de un «desquiciado». En la sección de «Ciudad» se abundaba más sobre el suceso. La reportera iniciaba la nota principal con «una bala disparada en el corazón de la tarde segó la vida de uno de los más majestuosos ejemplares del Zoológico de Chapultepec». A continuación relataba el episodio de una muchacha que estuvo a punto de ser asaltada por «Un enajenado mental, quien ante la impotencia de no lograr su cometido, desfogó su furia disparando a mansalva sobre el indefenso felino». Varios testigos corroboraron esta versión, incluida —por supuesto— la mujer que barría junto al foso.

EL DICTAMEN DEL veterinario precisaba que el jaguar había muerto de un paro respiratorio consecuencia de una hemorragia en el pulmón derecho. «Murió asfixiado por su propia sangre» concluía la reportera.

Otras notas recogían declaraciones varias. A la directora del zoológico el acto le parecía «aberrante y cruel». Un asambleísta pugnaba por «castigar severamente» y un miembro de la oposición aseguraba que «tan lamentable hecho deriva de la ineficiencia de las autoridades capitalinas para contener la violencia urbana». Di vuelta a la página. En la parte superior venía un retrato hablado del criminal. La imagen no correspondía a la de mi rostro. Tania había decidido realizar una jugarreta sutil y genial: había descrito los rasgos de Gregorio y el dibujante había logrado una semejanza casi perfecta. Solté la carcajada. Con seguridad la policía judicial había boletinado el retrato a todos agentes. Me los imaginé investigando a un sospechoso muerto una semana atrás, siguiéndole las huellas hasta su urna.

No había duda: Tania jugaba en Ligas Mayores. Era mucha mujer y no podía perderla. Sobre todo ahora que desde las páginas del periódico se mofaba de Gregorio y a mí me enviaba una muestra de su amor.

ME DIRIGÍ A la recepción a hablar por teléfono. Necesitaba comunicarme a mi casa y avisarles que me encontraba bien. Contestó mi hermano. Me advirtió que mi padre se hallaba muy molesto porque no había llegado a dormir. Le inventé que de última hora me habían exigido un trabajo urgente en la universidad y que me había visto obligado a reunirme en casa de uno de mis compañeros. «Aclárraselo a mi papá» le pedí. Le pregunté si tenía recados. Me comentó que por la mañana había ido a buscarme un hombre gordo y alto. Luis le preguntó si se le ofrecía algo, el gordo le entregó dos cartas y agregó: «Dile a Manuel que se las traje personalmente para que vea que no me escondo y dile también que estuvo muy, pero muy mal, lo que hizo ayer en la tarde». Las cartas las había dejado Luis en mi cuarto. No hubo más y colgamos.

La visita del gordo a la casa me hizo sentir vulnerable. Al parecer había atestiguado lo sucedido en el zoológico y podía chantajearme. Con seguridad había observado todo espiándonos a Tania y a mí como el muchacho de pelo crespo había espiado a la pareja en el motel. Voyeuristas de mierda ambos.

Llamé al 040 tratando de indagar cuál era la dirección correspondiente a la de su número telefónico pero la operadora me notificó que el de Jacinto era un número privado y le era imposible brindarme tal información.

Marqué a casa de Jacinto y contestó la grabadora. «Chinga tu madre, pendejo» grité en la bocina y colgué. Me comuniqué a casa de Tania para averiguar si había vuelto. Entre llantos la madre me confirmó que no. Presentía que algo grave le había acontecido a su hija. Traté de calmarla asegurándole que Tania no tardaría en volver. La madre continuó sollozando y mejor me despedí de ella.

Sobre la barra de la recepción había una bolsa de cacahuates enchilados. Me la robé. No me había quedado dinero para desayunar ni para regresar a mi casa. Me arrepentí de haberle arrojado todas mis monedas al taxista.

Me dirigí al cuarto y me senté sobre la cama a comer los cacahuates. A los quince minutos escuché el ruido de un automóvil que se estacionaba en la cochera. Me asomé a investigar: era un Cavalier rojo. Quizás una pareja despistada se había metido en nuestro garaje. Pancho arreglaría la confusión.

Me desnudé y me metí a la regadera. El agua cayendo sobre mi espalda me relajó. Deseaba mantenerme tranquilo, con la claridad suficiente para no cometer otra estupidez como la del zoológico. Terminé de ducharme, me sequé, me envolví con la toalla y cuando salí del baño me encontré a Tania sentada sobre la cama observándome fijamente. Sin decir nada se puso de pie, caminó hacia mí, deshizo el nudo que sostenía la toalla y me la quitó. Dio un paso hacia atrás, me contempló desnudo, me tomó de la mano y me jaló hacia la cama.

—Abrázame —dijo.

—No.

Se acercó a mí y me aparté. Tania se dejó caer sobre el colchón y quedó acostada con los brazos estirados.

—¿No vas a venir?

Negué con la cabeza. Tania suspiró y se giró para darme la espalda.

—Tenemos que hablar —le dije.

—No hay nada que hablar —musitó.

Me senté en el extremo contrario de la cama. Tania volteó y de nuevo me miró fijamente.

—Te extrañé —dijo.

Se levantó y comenzó a desabotonar su blusa.

—No tenías por qué matarlo —dijo.

—No quise hacerlo.

—Estuvo rugiendo como loco, luego se quedó quieto, tosiendo sangre, hasta que ya no se movió más…

Se detuvo un momento, se mordió una uña y prosiguió.

—Quise largarme de ahí pero no pude dejar de verlo… no pude… luego llegó un montón de gente y la policía.

Hizo bola la blusa y la arrojó sobre la silla. Se despojó del sostén y sus senos quedaron al aire.

—Te imaginas que alguna vez me descubrieran un tumor y me los tuvieran que extirpar.

—No pienses tonterías.

Se llevó las manos a los senos y los estrujó con fuerza.

—¿Te imaginas mi pecho vacío, lleno de costuras?

Tania sabía ser cruel cuando se lo proponía.

—No me lo imagino —le respondí.

Soltó sus senos y en la piel se marcaron sus dedos. Se quitó el resto de la ropa y se metió dentro de las cobijas.

—Ven —insistió.

Le miré sin responderle.

—Por favor, ven...

—Tenemos que hablar —reiteré.

—Después —pidió.

Me acosté junto a ella. Me besó y acarició mi frente.

—Te amo mucho más de lo que crees —dijo.

—No te creo —le dije.

Trató de besarme en la boca. Apreté los labios y con el índice sobre su barbilla la empujé hacia atrás.

—No puedo —le dije.

Me miró a los ojos.

—A mí también me duele lo que está pasando. Me duele lo que hiciste, lo que yo misma hice.

Trató de besarme otra vez y de nuevo la eludí.

—No puedo, ni quiero —le dije.

Tomó mi cara con ambas manos y la acercó a la suya.

—Abrázame diez minutos por favor, no pido más. Si quieres luego me sacas a patadas, me escupes, me madreas o lo que se te antoje hacer. Pero ahorita abrázame.

Hicimos el amor con una triste intensidad. Al terminar Tania expulsó mi pene y empezó a orinar con un flujo lento, continuo.

Sentí su orina resbalar por mi vientre y por entre mis muslos, caliente, espesa. «La lluvia de oro» musitó.

La estreché con fuerza. Ansiaba impregnarme de ella, emparparme de su orina, su sudor, su saliva, su flujo vaginal. Jamás la amé tanto como en ese momento. Ya no deseaba reñir con ella. Su relación con Gregorio, sus ausencias, sus secretos, se diluyeron en el amoroso torrente de su orina. Qué importaba si Gregorio la había penetrado una docena de veces. Ya nunca más sería de él. Tania recargó su cabeza contra mi pecho, sin hablar.

—¿En qué piensas? —le pregunté.

Ella suspiró y sonrió.

—En nuestros hijos —contestó—, en cómo serían, qué nombres les pondríamos.

—¿Cómo serían? —inquirí.

Me besó en el mentón y se quedó pensativa un largo rato.

—Me van a reprobar en todas las materias este semestre —dijo de súbito.

—Vas un día a la universidad y faltas diez ¿qué querías?

—Bueno y ¿qué es mejor: cantidad o calidad?

Se rió un poco de su chiste y volvió a callar. Su cuerpo desnudo brillaba ligeramente.

—De verdad que en estos días me he estado durmiendo en casa de Claudine —explicó sin más.

—¿Y por qué cuando le hablamos negó saber dónde estabas?

—Yo se lo pedí.

—¿Para?

Guardó silencio unos segundos y prosiguió:

—Me prestó su carro para venir, el mío se quedó botado a unas cuadras de su casa. Qué bruta soy, ¿verdad? Siempre se me olvida ponerle gasolina.

Se irguió y se arrodilló junto a mí. Escrutó mis facciones y el rostro se le iluminó.

—¡Ya sé! —exclamó—, si nuestro hijo fuera niño me gustaría que se pareciera a mí y si fuera niña: a ti.

—Pobre niña —bromeé.

Se inclinó sobre mí, cogió su bolsa de encima del buró y sacó un reloj. Miró la hora y brincó de la cama.

—Es tardísimo, me tengo que ir.

—No te vayas —imploré.

—Necesito ir a devolverle su carro a Claudine, si no me mata.

—Llévaselo después.

—No puedo, pero te prometo regresar lo más pronto posible.

—¿Prometido?

—Te lo juro.

Se encaminó hacia el baño y se detuvo a la mitad de la habitación.

—¿No vas a venir a bañarte? —preguntó.

—No, quiero quedarme oliendo a ti el resto del día.

Sonrió y me mandó un beso. Sumí el rostro en la almohada. Debíamos comprar un televisor, cambiar las cortinas, colgar otros cuadros, traer más libros, un radio. Debíamos mudarnos al 803 y jamás salir de ahí.

Me dio hambre. Tomé la bolsa de Tania y hurgué dentro buscando algo de comer. Encontré un tubo de Salvavidas y me metí una pastilla de limón a la boca. Abrí su cartera para indagar si traía dinero suficiente para prestarme un poco. Entre los billetes encontré dos pequeños papeles doblados en cuatro. Los saqué y los extendí sobre la cama. En ambos venían transcritos, con letra de Gregorio, frases de canciones de moda. En uno escribió:

«Por las noches sólo escucho, el latido de nuestro amor».

En el otro:

«Cómo olvidar las brasas de tu amor, cómo soportar las noches sin tu piel…».

Seguí esculcando su bolsa y hallé un sobre rotulado con la blanda caligrafía de Jacinto Anaya. Al frente había escrito: «Tania» y abajo una fecha: «Veinte de enero.» Dentro una servilleta de papel con una frase incompleta garrapateada por Gregorio: «Te espero, te espero el…». Volví a acomodar las cosas dentro del bolso.

Lo cerré y lo coloqué sobre el buró. Me dolió la cabeza y me faltó la respiración.

Otra vez los celos, el miedo a perderla, el maldito fantasma de Gregorio entrometiéndose, hiriendo, destruyendo.

Oí a Tania cerrar las llaves de la regadera. ¿Cómo enfrentarla? ¿Qué decirle? Abrió la puerta y una capa de vapor escapó hacia el cuarto. Tania salió desnuda con el cabello mojado goteando sobre su torso. Se paró frente al espejo y se contempló de perfil.

—Me hace falta asolearme —dijo.

Se sentó al borde de la cama y me pidió que le secara el pelo.

Me arrodillé detrás de ella y la froté con la toalla. Tania se dejó hacer, dócil, laxa. De pronto me entró la angustia de no saber en realidad quién era ella ni hacia dónde se dirigía. Como si adivinara mis dudas se volvió hacia mí y me besó en la boca.

—Nunca voy a dejar de amarte —dijo.

—¿Estás segura?

—Segurísima…

Se puso de pie, se secó la base de la nuca y recogió su ropa.

COMENZÓ A VESTIRSE distraídamente, como si se encontrara sola en el cuarto. Siempre me gustó verla al hacerlo pero esta vez la contemplé con un nudo en la garganta.

Tania se inclinó, echó el pelo hacia delante y lo cepilló varias veces. Algunas gotas de agua salpicaron la alfombra. Tania se incorporó, con los dedos terminó de arreglar su peinado, dio un último vistazo en el espejo y se sentó junto a mí.

—Regreso en una o dos horas —dijo.

—Está bien.

Me contempló unos segundos y con el índice derecho recorrió mi cara.

—Adiós —dijo y se levantó. La cogí del brazo.

—Tenemos que hablar cuando regreses —le dije.

Miró al piso y negó con la cabeza.

—No vale la pena.

—Para mí, sí.

—No…

—Hay que aclarar muchas cosas —la interrumpí.

—Olvídalas.

—Por favor, lo necesito —insistí.

Se mordió los labios y asintió. Me besó largamente y salió. La escuché subir al auto y arrancarlo. Luego oí que se abría de nuevo la portezuela del auto. Me enderecé y escuché un ruido en la puerta del cuarto. Tania metió una hoja de papel por debajo y luego volví a oírla subir al coche. Me asomé por la ventana y alcancé a divisar el Cavalier rojo dirigiéndose hacia la salida.

EN LA HOJA Tania había escrito:

«Es al final del arcoiris donde se encuentra el lugar donde cae la lluvia de oro».

Era una cita de un poema de Bukowski en el que habla del descubrimiento de la auténtica felicidad por un hombre al que un bebé le orina las manos mientras le cambia el pañal.

Y en la parte de atrás de la hoja Tania escribió:

«Perdón por lo que hice antes y por lo que haré después».

y abajo:

«Te amo más de lo que crees».

Probablemente Tania tenía razón: para qué hablar, para qué darle más vueltas a un pasado que ya no se podía evitar. Preferible dar por sentados los hechos y perdonarlos. Mejor perdonar que perderla.

Me agaché sobre mi vientre a aspirar su olor. Aún había humedad de su orina sobre mis vellos. Puse su breve carta sobre la almohada, me acosté sobre ella y cerré los ojos.

A LAS DOS horas me despertaron unos toquidos en la puerta. Confiado en que era Tania abrí envuelto en una toalla sin espiar por la mirilla. Me topé con dos hombres: uno flaco, de estatura media, y otro alto y robusto.

—¿Manuel Aguilera? —preguntó el flaco.

Asentí.

—Haga el favor de vestirse y acompañarnos.

—¿Adónde?

—Ya lo averiguará.

—Un momento —dije y empujé la puerta. Deprisa me puse el pantalón y una camisa. Pensé en huir por la ventana, pero apenas me asomé por la cortina descubrí a otros dos hombres custodiando el pasillo. Tuve la certeza de que Jacinto Anaya me había delatado a la policía.

Entreabrí y le pregunté al flaco si podían esperar que me bañara.

—No —negó con firmeza— y apúrese.

Ya no me permitió cerrar la puerta. Me senté sobre la alfombra y comencé a ponerme los calcetines. Pancho y Camariña se acercaron al cuarto.

—¿Qué ocurre? —inquirió Camariña.

—Nada —respondió el flaco.

Camariña asomó la cabeza a la habitación.

—¿Qué pasa, muchacho? —me preguntó.

Me alcé de hombros.

—No sé.

Terminé de anudarme los zapatos y salí. Los dos hombres me rodearon y me guiaron a un Spirit blanco. Camariña se interpuso.

—No se lo pueden llevar así nada más —reclamó.

Sin molestarse el hombre robusto le pidió que se retirara. Camariña insistió:

—¿Traen orden de aprehensión?

—¿Es usted familiar del señor? —interrogó el policía.

—No.

—Entonces le rogamos que nos permita hacer nuestro trabajo —solicitó el flaco con cortesía.

Abrieron la portezuela trasera del auto y ordenaron que me sentara en medio. Los otros dos policías llegaron y se acomodaron uno a cada lado mío. Todavía Camariña hizo un último esfuerzo:

—Suéltenlo y nos arreglamos —propuso.

El hombre robusto sonrió burlón, subió al asiento del conductor y se abrochó el cinturón de seguridad.

—Buenas tardes —se despidió y aceleró.

A LO LARGO del trayecto los policías casi no hablaron. De vez en cuando la voz de una mujer sonaba en la frecuencia del radio empotrado bajo el tablero. Por la forma en que se dirigían al flaco deduje que era el jefe. No parecían agentes judiciales. Vestían trajes claros, de buen corte, bien combinados. No me amenazaron ni se portaron groseros o altaneros. Más bien me ignoraron.

Por alguna razón de seguridad no bajaron las ventanillas. Aunque el calor era sofocante, a ellos parecía no importarles. Se mantenían impasibles, reconcentrados en sus pensamientos.

Dentro de ese bochorno el aroma de Tania que emanaba de mi cuerpo se hizo más concentrado, más penetrante. Daba la sensación de que ella misma iba en el auto. El aire entero le pertenecía.

Ignoro si los demás percibían el olor a orina del mismo modo que yo pero a mí me mareó. Deseé pedirles que bajaran los vidrios para que se oreara el auto pero no me atreví hacerlo.

No tuve plena conciencia de lo que sucedía sino hasta llegar a las instalaciones de la policía judicial. El auto entró a un estacionamiento subterráneo y se detuvo frente a unos elevadores. El flaco y los otros dos policías me escoltaron mientras el hombre robusto partió en el coche.

Tomamos el elevador y ascendimos al segundo piso. En los pasillos otros agentes saludaron con deferencia al flaco, quien daba órdenes con voz suave, mismas que sus subordinados acataban con un «sí, comandante». Llegamos a unas oficinas. Una secretaria se puso de pie cuando nos vio llegar y le presentó al flaco varios documentos. El flaco se inclinó sobre el escritorio, leyó algunos papeles, firmó otros y al terminar me condujo a un pequeño cubículo. Me invitó a pasar con un ademán casi femenino y pidió que lo aguardara un momento. Entré y me dejaron a solas. Por las persianas pude constatar que los dos hombres que me escoltaron se habían quedado a vigilarme.

En el cubículo no había más que una mesa y una silla. No era un lugar cómodo pero al menos era mejor que una celda. Afuera se escuchaba un continuo repiquetear de teléfonos y el ruido de máquinas de escribir. Eché un vistazo por la ventana. Hombres con traje descansaban recargados sobre *Spirits* blancos. Un bolero esperaba clientes sentado sobre una banca. Dos mujeres con el cabello teñido de rubio discutían con cierta vehemencia. Unos niños jugaban rayuela sobre la banqueta. Todo continuaba igual, menos yo.

Estuve solo durante largo rato. Al principio me puse muy nervioso pero conforme transcurrió el tiempo empecé a calmarme. Había cometido varios delitos: portación ilegal de arma, daños a la nación, tentativa de robo, etc. Los delitos más comunes publicados en la nota roja. No sería fácil zafarme de los cargos.

«En el crimen, como en la infidelidad, si te sorprenden niégalo todo, aunque tu mujer te cache con otra con los pantalones abajo, aunque un policía te agarre con la pistola en la mano y no te estoy albureando…», le oí decir a un hombre que se jactaba de haber robado varios bancos y haberse cogido decenas de mujeres. Lo habían capturado varias veces pero invariablemente se las arreglaba para salir absuelto. Lo conocí porque un socio del padre de Tania era su abogado y una noche coincidí con ellos en un restaurante. Con presunción de novato en diez minutos el hombre me describió su vida criminal y sexual. No le importó saber quién era yo ni a qué me dedicaba. Para consolarme pensé en que si un hablador como ése no estaba purgando cuarenta años de cárcel y salía libre de todas, con seguridad yo me salvaría de ésta.

Empecé a aburrirme dentro del cubículo y al cabo de tres horas ya no sabía qué hacer. Había contado los nudos de la alfombra, había calculado los años de cárcel que podía recibir, había imaginado las historias de los policías que merodeaban el edificio: cuál de ellos también sería narco, cuál homosexual, a cuánta gente habrían matado.

La tardanza del flaco comenzó a preocuparme. ¿Por qué demoraba tanto? ¿Estaría preparando mi expediente? ¿O corroborando los datos de los testigos presenciales? Hasta llegué a pensar que se había olvidado de mí.

Tuve urgencia de orinar. Abrí la puerta y le pedí a uno de los policías permiso para ir al baño.

—Aguántate un ratito más —dijo mi custodio con tono de profesor de primaria.

«El ratito más» se prolongó otras tres horas. Al atardecer llegó el flaco con el policía robusto. Pidió disculpas por la espera y ordenó a un guardia que le trajeran una silla.

El flaco se sentó frente a mí y sobre la mesa colocó un fólder color manila.

—No nos hemos presentado oficialmente —dijo con una sonrisita—, porque yo sé que tú eres Manuel Aguilera pero tú no sabes quién soy yo ¿verdad?

Negué con la cabeza y el flaco extendió la mano y estrechó la mía.

—Soy el comandante Martín Ramírez y el señor —dijo señalando al robusto— es el agente Luis Vives.

Su cordialidad era tal que estuve a punto de decirle: «Mucho gusto» o «encantado», pero me limité a un «muy bien».

El flaco se repatingó sobre la silla, juntó las palmas de las manos y se las llevó a los labios, como si rezara.

—Sabes bien por qué estás aquí ¿no es cierto Manuel?

—No —respondí titubeante.

—¡Vamos, hombre! No está bien decir mentiras.

—En serio, no sé de qué me habla.

El flaco volteó a ver al robusto y le sonrió con complicidad.

—¿Cómo ves aquí a nuestro amigo? —le preguntó.

—Como Pinocho —respondió Vives.

—Ándale, eso mero —festejó el flaco—, como Pinocho.

Se volvió a mí con un gesto de interrogación.

—Pero tú no eres Pinocho ¿verdad?

—No.

—¡Uuuf! Creí que me había confundido de persona —dijo burlón.

De una bolsa de su traje sacó una cajetilla de cigarros, se llevó uno a la boca y me ofreció otro del paquete.

—No gracias —le dije.

—Haces bien —dijo—, el cigarro causa mucho daño.

Lo prendió y arrojó el humo hacia el techo del mismo modo que Camariña.

—¿A qué equipo le vas? —preguntó de improviso.

—Al Atlante.

—¡Órale! Al equipo del pueblo, a los potros de hierro. Muy bien, muy bien ¿y qué te parece Rolossi?

—¿El jugador?

—¿Pues cuál otro?

—Muy bueno.

El flaco recibió mi respuesta con una sonrisa y volvió a mirar a Vives con complicidad.

—Ya ves cómo dices mentiras: Rolossi es malísimo.

—No lo creo —repliqué.

De nuevo cruzó miradas con el otro.

—Aparte de mentiroso, respondón. Pero bueno, no estamos aquí para hablar de fútbol ¿o sí?

—No sé para qué estamos aquí.

El flaco recargó su barbilla sobre su puño derecho.

—¿No lo sabes? —inquirió con asombro.

—No.

Se inclinó hacia mí y dejó su rostro a unos cuantos centímetros del mío. El olor de sus cigarros mentolados me picó la nariz.

—Si no hubieras hecho locuras ayer en el zoológico hoy no estarías aquí —explicó.

—¿Cuál zoológico?

El flaco se levantó, dio una vuelta alrededor de la mesa y se detuvo atrás de mí.

—¡Ay Pinocho, Pinocho! ¿Cuándo dejarás de decir tantas mentiras?

Regresó a su lugar y volvió a repatingarse sobre la silla.

—¿Siempre eres así? —inquirió con una sonrisa.

—Para nada —le respondí tratando de aparentar la mayor firmeza posible.

El comandante le hizo una seña a Vives para que se acercara.

Le susurró algo al oído y el otro salió del cubículo.

—A ver si así, nosotros dos solos, me tienes más confianza y me dices la verdad.

Su actitud era tan relajada que me envalentoné.

—¿De qué se me acusa? —cuestioné.

—Pinochito, Pinochito ¿o eres o te haces?

—Tengo derecho a hacer una llamada ¿o no?

—Hasta cuatro si quieres, o más, veinte, treinta, cien.

—Quiero avisarles a mis padres que estoy aquí.

—Sí claro, sólo que a su debido tiempo.

—Lo quiero hacer ya, ahorita.

El flaco se puso de pie, caminó hacia un lado mío, bajó el rostro hasta la altura de mis ojos y susurró:

—Mira muchachito: creo que hay algunas cosas que no te han quedado claras pero el que manda aquí soy yo y si sigues en tu plan de niño berrinchudo ahorita mismo hago que te rompan los huevos a putazos ¿entendiste? —dijo con una sonrisa que me intimidó. Se mesó el cabello y continuó:

«Estoy cansado, he trabajado como idiota todo el día y quiero llegar a mi casa a ver la tele y a echarme una cogidita con mi mujer que buena falta me hace. Tú respóndeme la verdad a cada pregunta que te haga, yo me pongo muy contento, me largo a mi casa y del puro gusto te presto un teléfono para que llames a quien se te pegue tu rechingada gana ¿trato hecho?».

Su oferta era tentadora. Quizás lo mejor fuera acabar con la farsa de una vez. Pero en mi cabeza se repetía la frase: niégalo todo, niégalo.

—Le estoy diciendo la verdad: no sé de qué me está hablando.

El flaco suspiró con fastidio y volvió a sentarse.

—Mira Pinocho, te voy a contar: ayer por la tarde a un tipo se le botó la canica y se puso como loquito a dispararle a los tigres…

«Jaguares», estuve al borde de corregirlo pero logré percatarme de mi estupidez antes de cometerla.

—el caso es que este loquito que se sentía cazador de tigres en el África…

Otra vez estuve tentado a corregirlo: «No hay tigres en África».

—tuvo tan buena puntería que mató a uno ¿no lo sabías? Negué con la cabeza.

—Pues yo creo que sí lo sabes —dijo con convicción.

—¿Por?

—Porque una testigo te identificó como el valeroso cazador de fieras.

—¿Una qué…? —pregunté.

—Una testigo, una de tus fans, Indiana Jones.

Era una trampa en la cual no podía caer: quien me había denunciado no era otro que Jacinto Anaya.

—Pues se confundió —rebatí.

—Pinochito, otra vez vuelves a la carga. ¿Qué no oíste que era una de tus fans? ¿Cómo va a confundirte una de tus admiradoras?

El flaco me había acorralado y esperaba a que yo diera el primer paso en falso.

—Mire comandante Ramírez —dije procurando mostrarme respetuoso—: de verdad no sé de qué me está hablando. Yo estuve toda la tarde en mi casa, llámele a mis papás, ellos le dirán.

El flaco arqueó las cejas y se sobó el mentón.

—Es probable, es probable —dijo—, pero también es muy probable que tú seas el «Indiana Jones» que tanto ando buscando.

—No soy…

El flaco levantó su índice izquierdo para callarme.

—Te propongo lo siguiente: me voy a ir a mi casa a dormir unas dos horas, porque de veras estoy muy cansado...

Cogió fólder manila, lo agitó frente a mí y lo colocó sobre la mesa.

—te voy a dejar estos documentos. Léelos con calma y cuando regrese en un rato me dices qué has pensado ¿te parece?

Tomé los documentos y los hojeé someramente.

—¿De qué se tratan?

—Puras formalidades legales. Tú léelos y hablamos después. Si en algo no estás de acuerdo lo discutimos y cambiamos el texto ¿fácil no?

—¿Y si sí estoy de acuerdo?

Mi pregunta le sorprendió. Caviló su respuesta, sacó una pluma fuente, de las muy caras, y señaló un espacio en blanco en el anverso de una de las hojas.

—Muy sencillito: me firmas aquí.

—¿Con?

El comandante sonrió. Extendió el brazo y me entregó la pluma.

—Con ésta —dijo—, pero me la cuidas mucho porque me la regaló mi mujer en Navidad.

Palmeó sus muslos y se puso de pie.

—Estamos de acuerdo entonces ¿verdad?

Miró su reloj, se acomodó el saco y se despidió.

—Regreso antes de las once —aseguró y dio media vuelta para salir.

Me levanté deprisa y lo seguí. Al sentir mi presencia detrás de sí giró abruptamente y me enfrentó.

—¿Qué quieres? —preguntó.

—Le quiero pedir dos favores.

Adoptó una actitud más relajada y sonrió.

—¿El primero?

—No he comido en todo el día: ¿me pueden traer algo de cenar?

—Sí, ya mandé a comprarte unas hamburguesas.

—Gracias.

—¿Y el segundo?

—Ya no aguanto las ganas de mear, deme chance de ir al baño ¿no?

—No te preocupes, en cinco minutos envío a alguien para que te acompañe.

—Que no se tarde mucho, porque la verdad ya no aguanto.

—Sí, hombre —dijo dándome una palmada en el hombro.

Salió y cerró con llave la puerta del cubículo. Por entre las persianas logré apreciar que se la entregaba a uno de mis custodios.

Luego lo vi alejarse por el pasillo.

TRANSCURRIERON VEINTE, TREINTA minutos y nadie vino por mí para llevarme al baño. Desesperado toqué con los nudillos en el cristal de la puerta. Los dos hombres me ignoraron.

Frustrado no tuve más remedio que orinar por la ventana. Saqué medio cuerpo y aferrándome del marco descargué hacia la cornisa, procurando no salpicar hacia abajo: no deseaba que uno de los judiciales que merodeaban por la banqueta subiera a partirme el hocico. Por suerte la orina fluyó a lo largo de la cornisa y formó un hilo que discretamente escurrió por la pared.

TAMPOCO LLEGÓ LA cena y las reglas empezaron a quedarme claras. En adelante dependería del flaco y más valía cooperar con él. Por ahora mis problemas se reducían a la imposibilidad de mear en el sitio adecuado y a sufrir un poco de hambre. Pero una orden susurrada por él podía significar un cambio drástico en mi condición: golpizas, tortura, amenaza, chantajes. Dejarme a solas en el cubículo era una muestra de su disposición para negociar conmigo. Pudo haberme forzado a declarar mi culpabilidad pero lo mejor era que yo la asumiera libremente, sin broncas para ninguno de los dos.

DENTRO DEL FÓLDER encontré dos documentos. El primero era una proclamación de responsabilidad por varios delitos cometidos, incluidos algunos que jamás había oído mencionar. Estaba redactado con el lenguaje característico de los textos legales y plagado de faltas de ortografía.

El segundo era una declaración de la testigo que me inculpaba. Presentaba una relación de hechos bastante apegada a lo sucedido en el zoológico, me describía con exactitud (incluso detallaba mi cuadrícula de cicatrices en el bíceps izquierdo) y brindaba los datos necesarios para localizarme: mi nombre completo, domicilio, número telefónico y la ubicación del Motel Villalba y el cuarto donde me ocultaba. La declaración había sido tomada ese mismo día a las trece horas con treinta minutos en la sede de la Policía Judicial del Distrito Federal. La firmaba Tania Ramos García y al calce venía una impresión de su huella dactilar.

No era una acusación fabricada. La firma de Tania era auténtica. La misma con la cual rubricó decenas de cartas de amor. Los mismos trazos desiguales inclinados hacia la derecha. La misma Tania.

La impresión de su huella digital reproducía la leve cicatriz que se provocó en el pulgar derecho al rebanarse con un exacto mientras cortaba unos pliegues de papel. Lo recuerdo: fue una noche en que Tania ejecutaba deprisa el diseño de un folleto para un trabajo escolar. La sangre brotó abundante y ensució las ilustraciones que a Tania le llevó horas realizar. Lloró de desesperación: no alcanzaría el tiempo para repetirlo. Con rabia empezó a tallar el resto de las hojas con el dedo ensangrentado. Logré detenerla cuando ya había hecho un batidero. Apreté la base del pulgar para parar la hemorragia, desinfecté la herida con agua oxigenada y la cubrí con una gasa. Tania me besó y me pidió perdón: a mí también me había manchado de sangre.

RELEÍ SU TESTIMONIO una y otra vez. Su denuncia era implacable. La narración de los hechos escueta, fría; mi descripción: minuciosa, precisa, como si deseara asegurarse que la policía no fallara al buscarme. No había dejado un cabo suelto, un dato sin consignar. No encontré en el texto indicios de que hubiese titubeado, ninguna contradicción, ningún adjetivo compasivo. Tania se había mostrado dura de principio a fin.

Tomé el documento en el que me declaraba culpable y sin pensarlo mucho lo firmé. Para no arrepentirme lo metí en el fólder y lo arrojé por debajo de la puerta. Uno de los hombres se inclinó a recogerlo, lo revisó y lo llevó a una de las oficinas contiguas.

Apagué la luz y me fui a acurrucar junto a una pared. El aroma de la orina de Tania aún no se desprendía de mi vientre, potente, perdurable: doloroso. Lloré por ella y lloré por mí y por Gregorio y por todo lo que fuimos y dejamos de ser. Lloré por la cicatriz en la huella dactilar que sellaba su denuncia y por su traición y por su ausencia. Lloré por lo que perdimos y perderíamos, por lo que fuimos y dejamos de ser.

• • •

DORMITÉ UN RATO sobre la alfombra. Me despertó el silencio. Me asomé por las persianas. Ninguno de mis custodios me vigilaba ya. No era necesario: por decisión propia había signado mi condena ¿para qué cuidar de mí?

Abrí la ventana. El aire era cálido, la noche oscura. Me senté sobre el marco de la ventana y permanecí ahí hasta el amanecer. Vi llegar a los policías vestidos de traje, a las secretarias, al periodiquero, al bolero. Vi a estudiantes de secundaria dirigirse a la escuela, a los albañiles desayunando tacos de canasta, a burócratas descendiendo de peseras.

Escuché el movimiento en la oficina. Secretarias saludándose, teléfonos repiqueteando, abrir y cerrar de archiveros, risotadas de judiciales. Escuché aviones surcando el cielo, la campana del camión de la basura, a comerciantes levantando las cortinas metálicas de sus negocios.

Era inminente que fuera a parar a la cárcel. Quizás la sentencia se reduciría por haber firmado voluntariamente mi declaración de culpabilidad pero no esperaba menos de cinco años de encierro. Descarté la libertad bajo fianza: la muerte del jaguar había indignado a sectores tan diversos que la reclusión parecía inevitable, tan inevitable como fue el hospital psiquiátrico para Gregorio.

A LAS DIEZ de la mañana llegó el comandante. De nuevo vestía impecable. Olía a lavanda y cigarro mentolado. Entró al cubículo, me saludó con afabilidad y se sentó frente a la mesa.

—Te felicito —dijo.

—¿Por?

—Por tu apego a la verdad —dijo mamonamente.

Me alcé de hombros —qué chingados le iba a importar a él la verdad— y volví a mirar por la ventana. Un perro callejero, un cachorro, intentaba cruzar la calle sin lograrlo. Luego de capotear varios coches se decidió y pegó una carrera desenfrenada hacia la otra acera. Estuvo a punto de ser atropellado por un camión que pudo esquivarlo de último momento.

—Qué suerte tuvo ¿verdad?

No me había percatado de que el flaco se había puesto de pie y fumando contemplaba la misma escena que yo.

—No estoy acostumbrado —dijo.

—¿A qué?

—A que un detenido se raje tan rápido. De menos me llevo tres o cuatro días en convencerlos.

Dio una chupada honda a su cigarro, exhaló el humo por la nariz y prosiguió:

—¿Por qué firmaste?

—Para qué seguirle haciendo al cuento —respondí.

—O tienes muchos huevos o no sabes en la que te estás metiendo.

—Ni una ni otra —dije.

Dio una fumada más al cigarro y con la uña del dedo índice lo propulsó hacia la calle. La colilla dibujó una parábola y fue a caer sobre el techo de uno de los Spirits blancos.

—Me lates —dijo.

Saqué su pluma fuente del bolsillo del pantalón y se la devolví.

—Gracias —le dije.

La tomó y la guardó en el interior de su saco. Al hacerlo asomó la cacha de una pistola.

—Tus padres ya están avisados. Vienen a verte a las doce.

—Está bien.

—Ahorita te traen algo de desayunar —señaló.

Salió del cubículo, cogió un teléfono de encima de un escritorio y lo colocó sobre la mesa.

—Lo prometido es deuda. Puedes hacer las llamadas que se te hinche la gana. Sólo marca el cero para que te dé línea.

—Gracias.

El comandante se quedó parado frente a mí, con una sonrisa.

—Me caíste del cielo, cabrón.

—¿Por?

—Hiciste mucho *run-run* con lo del tigrito y por haberte detenido me voy a ganar un ascenso, o por lo menos un bono.

—¿Un bono? Qué chiste: se lo soplaron todo —dije sonriendo.

El flaco hizo una mueca, como si le hubiera sorprendido mi observación.

—Tienes razón: me lo soplaron todo.

Sonreímos los dos y se acercó a mí.

—Préstame tu mano y abre los dedos —me pidió—, te quiero enseñar un truco de magia.

Agarró mi dedo medio, sonrió de nuevo y con un movimiento repentino lo dobló hasta atrás. Sentí un gran dolor irradiarse hasta el antebrazo. Un dolor inaguantable. Me soltó y me dio un afectuoso apretón en la nuca.

—Me caes bien, Manuel, pero no te quieras pasar de listo.

El flaco abandonó el cubículo y volvió a encerrarme con llave.

EL DOLOR ERA intenso. Pronto la articulación se inflamó y un semicírculo morado se dibujó alrededor de mi nudillo. Un policía entró con una charola con el desayuno. La depositó sobre la mesa. En un plato venían unos hielos. Tomó tres, los envolvió en un pañuelo y me los entregó.

—Te lo manda el comandante para tu mano —dijo y se retiró. Me apliqué los hielos sobre la hinchazón y poco a poco el dolor disminuyó. Con el pañuelo húmedo vendé el dedo para inmovilizarlo y me senté a desayunar. Me habían traído un par de huevos revueltos con cebolla y jamón, una manzana y un vaso con leche. A pesar de la cebolla me acabé todo rápidamente y todavía seguí con hambre. El flaco debió adivinarlo porque a los cinco minutos llegó otro policía con tres piezas de pan dulce y un Jarritos de naranja.

Al terminar de comer marqué a casa de Tania. Contestó Laura. Me hizo saber que Tania tampoco había llegado a dormir la noche anterior y que ignoraban dónde encontrarla.

—Como te imaginarás —dijo— mis papás están vueltos locos.

—Yo también —aseguré.

—¿En dónde estás? —preguntó.

—En la cárcel —le respondí con seguridad.

—Te pregunté dónde estabas, no dónde merecías estar.

—Ya te dije que en la cárcel ¿por?

—Porque te hablé anoche y antenoche y tu papá me dijo que tampoco habías llegado a dormir a tu casa.

—¿Y para qué me hablaste?

—Ya conoces a mi mamá, quería saber si habías visto a Tania.

—No, no la vi.

—No te creo.

—No me creas.

—¿Qué tanto se traen tú y ella?

Me fastidió el tonito de su pregunta y sin más le colgué. El dolor volvió a punzarme de nuevo. Me quité el pañuelo. El círculo morado se había expandido hacia el dorso de la mano. Me era imposible flexionar el dedo.

Marqué el número de Jacinto Anaya. Contestó la estúpida grabadora. «Chinga tu madre», susurré en la bocina y colgué.

Un policía entró a recoger la charola. Le pedí que me llevara al baño. Accedió de inmediato. Me condujo serpenteando entre hileras de escritorios, ante secretarias que me escrutaban con curiosidad y judiciales que se quitaban del paso de mala gana.

Entré a los sanitarios y el hombre me esperó afuera. No había nadie más adentro y oriné a gusto recargando la frente en la pared. Pronto perdería las pequeñas intimidades cotidianas al entrar a la cárcel. Ésa era mi mayor preocupación: los excusados y las regaderas comunes, celdas compartidas con desconocidos, revisiones corporales, visitas vigiladas. La prisión no sólo me apartaría del mundo sino de mí mismo, de mis manías, de mis hábitos.

Me despojé de la camisa y me contemplé en el espejo. Había adelgazado. Lo noté en mis mejillas, en mis antebrazos. Abrí la llave del agua caliente y taponé el lavabo con papel higiénico. Introduje la mano lastimada. El puro contacto con el agua me provocó un dolor penetrante. Aguanté y la dejé sumergida hasta que sentí que los tendones y los ligamentos se relajaban. Experimenté un poco de alivio pero apenas moví la mano volvió a dolerme. Enjaboné el pañuelo y me froté el vientre para desprenderme de los vestigios de orina de Tania. Luego me lavé el brazo izquierdo, el pecho y las axilas. El policía entró al baño y me reclamó mi tardanza. Para apresurarme me incliné sobre el lavabo y me enjuagué directamente en el chorro, ladeándome para que el agua alcanzara todo el torso. Me restregué la cara y me humedecí el cabello.

Salí del baño, sin secarme, aún goteando, con la camisa y el pantalón empapados. Al verme, mi custodio hizo un gesto de desaprobación y me guió de nuevo al cubículo.

MIS PADRES ARRIBARON puntuales, a las doce. El comandante los acompañó al cubículo y ordenó que trajeran tres sillas más. Se sentaron frente a mí y el flaco hizo una somera explicación sobre mi condición jurídica: un juez había girado una orden de aprehensión en contra mía basado en el testimonio de Tania y, dada la importancia pública que se le había otorgado a mi caso y a la preocupación del procurador en resolverlo, se había considerado mantenerme bajo resguardo en las instalaciones de la Policía Judicial antes de remitirme al agente del Ministerio Público. «No vamos a proceder si no tenemos todas las pruebas en la mano», argumentó el flaco. Mi padre cuestionó si mi detención no era ilegal. El flaco enfatizó que se habían respetado mis derechos ciudadanos y que me había otorgado trato especial por saber que yo «provenía de buena familia». Mi padre lo escuchó mesándose el bigote y mi madre con lágrimas en los ojos. «El muchacho ha aceptado plenamente su responsabilidad en los hechos —concluyó el comandante— y deberá asumir con madurez el castigo que se le imponga». Al escuchar el llanto de mi madre se volvió hacia ella.

—Ya no es un niño, señora —le dijo.

Mi madre agachó la cabeza y se apretó la comisura de los ojos para no llorar más.

—Me retiro para que puedan hablar a solas —dijo el flaco todo propiedad.

Nos mantuvimos en silencio unos minutos. Mi padre se veía agobiado, como si la situación rebasara por completo sus capacidades físicas y emocionales. Le temblaba ligeramente el labio inferior. Su mirada resbalaba por los objetos y tragaba saliva de manera constante. Mi madre, a pesar de sus sollozos, no se notaba afligida. Era evidente que a duras penas contenía su enojo.

Mi padre comenzó a hablar con voz quebrada. Me dijo que no se explicaba por qué lo había hecho, pero que estaban conmigo y se esforzarían por liberarme lo antes posible. Habían tratado de contactar al licenciado Derbez, el ex Secretario de Hacienda que había sido jefe de mi madre pero no habían podido localizarlo.

Para defenderme habían contratado los servicios de un prestigiado abogado penalista amigo de un primo de mi padre.

—Conozco a un abogado muy bueno que se dedica a sacar tipos de la cárcel. A lo mejor sirve más que el tuyo —dije pensando en el socio del padre de Tania.

—¿Tú qué vas a saber de abogados? —me increpó mi madre.

—Sólo era una propuesta —argumenté.

—No nos interesan tus propuestas —aclaró irritada.

—A este abogado le tenemos confianza —intervino mi padre tratando de conciliar.

—Como quieran —les dije.

—Claro que vamos a hacerlo como queramos —vociferó mi madre.

—Está bien —dije desdeñoso.

Mi madre me miró, furiosa.

—¿Te estás burlando de mí?

—No.

—Más te vale.

Me callé para no provocarla más. Pero mi madre ya se había sulfurado y era difícil pararla.

—¿Por qué nos hiciste esto? —preguntó.

—Yo a ustedes no les hice nada.

—¿Ah no?

—No.

—Lo hiciste para fregarnos.

—Tienes delirio de persecución, mamá.

—Siempre has sido un majadero —dijo.

La palabra «majadero» me exacerbaba. Me parecía un calificativo empleado por señoras fifís y taradas para tratar despectivamente a su servidumbre.

—De tal palo tal astilla —dije.

Mi madre se levantó y trató de darme una bofetada pero interpuse el antebrazo y detuve el golpe.

—Nos estás echando a perder la vida —gritó.

Mi padre se atravesó entre nosotros y abrazó a mi madre.

—Cálmate, Malena, no hagas más difíciles las cosas.

Mi madre lo empujó para soltarse. Dio media vuelta y salió azotando la puerta. El cristal vibró como si fuera a desprenderse.

—No es justo que te portes así con ella —reclamó mi padre.

—Perdón —susurré.

—Tu madre y yo estamos muy tensos; nunca pensamos afrontar una circunstancia como ésta.

—Yo tampoco.

—Si tan sólo nos dijeras qué te pasa.

—Nada, no me pasa nada.

—Estás así por lo de Gregorio ¿verdad?

—No.

Regresó a sentarse y se cruzó de brazos.

—¿Es cierto que fuiste arrestado en un motel de paso?

—Sí.

—¿Qué hacías ahí?

—Rento un cuarto.

Mi padre hizo un gesto de asombro.

—¿Para qué?

—Lo rentamos Tania y yo para vernos a solas.

—¿Desde hace cuánto?

—Unos dos años.

Inhaló hondo y exhaló el aire haciendo silbidos con la boca.

—Ahora entiendo —dijo con la expresión de quien comienza a atar cabos. Pero no: mi padre no podría entender jamás.

Se hizo un silencio incómodo para ambos.

—¿Cómo está Luis? —le pregunté.

—Bien.

—¿Sabe dónde estoy?

Mi padre asintió. Lamenté que mi hermano lo supiera. ¿Cómo le explicaría a sus novias y amigos anodinos lo que yo había hecho?

—¿Quieres que busque al abogado que nos mencionaste? —inquirió.

—Si se puede.

—¿Quién es?

—Uno de los socios del bufete del papá de Tania.

—¿Del papá de Tania? —preguntó—. ¿Después de lo que ella te hizo?

Me encogí de hombros.

—Dicen que es muy bueno. Además, me conoce y creo que le caigo bien.

—¿Cómo se llama?

—No sé su nombre, pero todos lo conocen como el «Tuercas» Manrique.

—Yo lo busco.

Mi padre se levantó, caminó hacia mí y me cogió de los hombros.

—Te vamos a sacar de ésta —aseguró.

—No importa.

—¿Qué?

—Si no me sacan, de verdad, no importa.

Dio un paso atrás y me miró.

—A veces ya no sé quién eres, hijo —musitó y partió.

UNA HORA MÁS tarde llegó al cubículo el abogado que habían contratado mis padres. Era un cincuentón alto, de ojos azules y muchas pecas en la calva. Apestaba a la misma loción de lavanda que usaba el flaco. «Soy el licenciado Olvera» se presentó, me entregó su tarjeta y sucintamente me expuso la estrategia que pensaba articular en mi defensa: un psiquiatra amigo suyo evaluaría mi condición mental y entre ambos amañarían el informe para demostrar que sufría de perturbaciones psíquicas transitorias provocadas por el suicidio de mi mejor amigo. «Vamos a encontrar atenuantes legales para tenerte encerrado el menos tiempo posible, aunque sea necesario argumentar que estás medio loquito», concluyó sonriente. Se despidió con un apretón de manos y se largó. Rompí su tarjeta en pedazos y los arrojé desde la ventana.

A LAS TRES COMÍ un par de tortas cubanas que me envió el comandante (repletas de cebolla, para no variar) y me autorizaron de nuevo ir al baño. Al regreso pude distinguir a lo lejos a un hombre conversando con mis padres. Sin duda era el psiquiatra recomendado por Olvera. Adoptaba los gestos comunes a todos los de su profesión: ladeaba el rostro al hablar, se acariciaba el mentón, miraba condescendiente y no cesaba de mover la cabeza, como si fuera muñequito de taxi. Para colmo era casi idéntico al doctor Macías, sólo que más gordo.

Entré al cubículo, me recosté sobre la alfombra y me dormí. Soñé con Gregorio y con Tania. Los tres vestíamos el uniforme de la secundaria y caminábamos por una calle larga e interminable. Conforme avanzábamos el pavimento se transformaba en una masa blanda. La marcha se nos dificultaba y los zapatos se nos atoraban en ese lodazal de asfalto. En un momento dado el piso cedía bajo nosotros y nos hundíamos hasta la cintura. Los tres nos dábamos las manos tratando de emerger de la pulpa que nos envolvía. Ellos dos se ahogaban mientras yo me sumergía lentamente.

El flaco me despertó sacudiéndome del hombro. Abrí los ojos y durante unos segundos no logré ubicar dónde me hallaba. El flaco me extendió la mano y ayudó a incorporarme. «Tienes el sueño pesado —dijo—, desde hace cinco minutos estoy tratando de levantarte». Se dirigió a la mesa, cogió una bolsa de plástico, la alzó y me la mostró.

Dentro venía la pistola con la cual había tiroteado al jaguar. Me sorprendió que los detectives del flaco la hubieran encontrado. Debieron haber hurgado alcantarilla por alcantarilla. Me la mostró.

—Es con la que mataste al tigre ¿verdad?

—Jaguar —le corregí con orgullo.

—Da lo mismo, hombre.

—Sí, con ésa fue.

El comandante abrió la puerta y llamó a uno de sus subordinados quien dispuso sobre la mesa unos cojinetes con tinta negra y unas tarjetas blancas.

—Te vamos a tomar tus huellas dactilares —dijo el hombre.

Me hizo imprimir la huella de cada uno de los dedos de mi mano. Incluso me obligó a estampar con el dedo lastimado. Apenas lo apoyé contra el cartoncillo un dolor lacerante me hizo retirar la mano con brusquedad. La tinta se corrió sobre la tarjeta dejando un manchón amorfo. El hombre hizo una mueca de disgusto pero el comandante le ordenó con la mirada que continuara con el procedimiento.

Al terminar me pasó una estopa saturada de alcohol para limpiarme.

—Es todo —dijo el hombre y salió.

El comandante tomó las tarjetas y las acomodó como si tuviera una mano de póquer.

—Vamos a cotejar estas huellas con las que aparecen en la pistola para ver si coinciden.

—Van a coincidir —afirmé.

—¡Carajo! Deja hacer mi chamba ¿no?

Sonreímos ambos. De uno de los bolsillos de su pantalón extrajo un papel y lo leyó en silencio. Lo dobló y volvió a guardarlo.

—La pistola está registrada a nombre de Arnulfo Camariña Iglesias ¿lo conoces?

—Sí, es el dueño del motel donde me apresaron.

—¿Y qué hacías tú con su pistola?

—Se la robé.

—¿Para?

—Cazar jaguares.

Soltó una carcajada.

—No te mides, cabrón.

Me notificó que más tarde me llevaría a dormir a una oficina con baño propio. Se lo agradecí.

—Son órdenes del procurador —aclaró—, no mías.

Las relaciones de mi madre con políticos de alto nivel comenzaban a surtir efecto. Si bien probablemente no podría eludir la cárcel, al menos gozaría de algunas prerrogativas.

NO ME EQUIVOQUÉ: el tipo que había visto con mis padres en efecto era el psiquiatra propuesto por Olvera. Se mostró más agradable de lo que había estimado. Bromeó conmigo sobre mi cubículo-celda y sobre mi dedo torcido: «Eso te pasa por andarle haciendo señas a los judiciales».

Sin pedantería me formuló varias preguntas: ¿Te has sentido deprimido últimamente? ¿Alguna vez cometiste otro delito? ¿Tienes ficha policial? ¿Alguna bronca con tus padres? ¿Problemas con tu novia? ¿Miedo a la muerte?

Al principio respondí con firmeza, incluso guaseando, pero no sé cómo, ni por qué, empecé a flaquear, a contradecirme, a revelar miedos que ni yo mismo imaginaba, a perder el control. Solté frases confusas a borbotones, con vertiginosa incoherencia, hasta que me quebré. En ese momento percibí con toda su fuerza la sentencia de Macías: la locura puede resultar más aterradora que la muerte.

El gordo, cuyo nombre no supe, ni lo sé ahora, se levantó de la silla e hizo lo que yo suponía los psiquiatras nunca hacían: me abrazó. No con un abrazo impersonal, sino uno hondo, entrañable. Deseé contarle del búfalo de la noche, de su aliento sobre mi nuca, de su trote en la pradera de la muerte, de Gregorio, de las tijerillas que lo devoraban, de la tarde en que nos herimos a cuchilladas, de lo tanto que odiaba la cebolla, de la traición de Tania, de su amor, de su ausencia que me mataba de tristeza, de lo mucho que significaba para mí poder orinar a solas, del torso de Rebeca, del cuerpo imperfecto de Margarita, de mi amigo René que se decapitó en un accidente automovilístico, de la vez que de niño corté a mi hermano con un bisturí. No pude pronunciar palabra sumido en un estupor que me paralizó.

El gordo esperó a que me tranquilizara y de manera paulatina recobré el control de mí mismo. Sentí un gran cansancio. Los músculos flojos, falto de respiración, como si hubiese realizado un esfuerzo físico extraordinario. El gordo se acuclilló junto a mí.

—¿Ya estás mejor?

Asentí y el gordo fue a sentarse a la otra silla.

—¿Cuál es tu platillo favorito? —inquirió.

Su pregunta me resultó absurda, fuera de lugar.

—Sándwich de jamón con queso gratinado —respondí.

—¿Nada más?

—También el pollo agridulce, los camarones al mojo de ajo y el filete a la pimienta.

—Tienes gusto de gourmet y de gourmet rico ¡eh!

Meditó un momento mis respuestas y con el puño dio unos golpecitos sobre su barbilla.

—¿Sabes qué dan de comer en la cárcel? —interrogó.

—No —le respondí con enfado.

—Frijoles, un pedazo de pan, huevos estrellados nadando en aceite, café, a veces albóndigas o cerdo con verdolagas, y ¿sabes cómo lo sé?

Negué con la cabeza.

—Porque estuve preso tres años, con ocho meses, catorce días y nueve horas.

No daba la impresión de mentir, ni de tratar de consolarme, ni siquiera de ganar mi simpatía.

—Me fue de la chingada y al salir del reclusorio prometí que nunca más iba a dejar que a otros les sucediera lo que me sucedió a mí.

Me miró la mano y apuntó hacia mi dedo lastimado.

—Por ejemplo: quiero evitar que otro jodido judicial vuelva a troncharte un dedo hacia atrás, y sabes de lo que estoy hablando ¿verdad?

Alzó la mano izquierda y mostró dos dedos chuecos.

PLATICAMOS LARGO RATO. Nunca confié tanto en alguien como él. Me pidió que obedeciera sus instrucciones, que fingiera si fuera necesario y que no firmara ningún otro documento sin consultarle. Se despidió con un abrazo.

Como mucha gente con la cual me crucé en la vida, jamás lo volví a ver.

• • •

AL ANOCHECER LLEGÓ el «Tuercas» Manrique. Yo ya no deseaba ver a nadie más. La sesión con el psiquiatra me había dejado exhausto. Me encontró tendido sobre la alfombra, dormitando. Desganado me puse de pie y lo saludé. Manrique era un hombre dicharachero e inquieto pero en esta ocasión lo noté con reservas.

—Te agradezco que hayas pensado en mí para tu caso —dijo— pero no creo que vaya a servir de mucho.

Manifestó preocupación: yo había admitido mi culpabilidad y a él le era difícil alegar que había firmado bajo coacción. Expuso que la lista de delitos era larga y que las acusaciones graves no sólo versaban en torno a la muerte del jaguar sino también por haber atacado a Tania a mano armada.

—Yo no traté de atacarla —aclaré indignado—, es ridículo.

—Sí, lo sé, pero Tania se fue con todo en contra tuya.

Contemplaba cuatro maneras de presentar la defensa. Una, obligar a Tania a ratificar su declaración. Dos, promover un careo entre ambos. Tres, negar los cargos y aducir presión psicológica y amenazas para confesarme culpable y, cuatro, aducir perturbaciones emocionales. La última le parecía la opción más viable. Ya lo había consultado con Olvera y el psiquiatra y entre los tres habían acordado preparar una defensa conjunta.

Me opuse a cualquiera de las cuatro alternativas. Las dos primeras significaban confrontar a Tania y carecía del valor para hacerlo. Además no podía olvidar que el «Tuercas», como socio del padre de Tania, no se involucraría en el proceso. Las otras dos significaban mentir y yo ya deseaba encontrar piso.

—Como quieras —manifestó el «Tuercas» decepcionado.

Señaló que por fortuna mi nombre aún no rondaba los titulares periodísticos, aunque el comandante Ramírez no tardaría en filtrárselo a algún reportero para amarrar su bono. Por otra parte. Manrique ya había dialogado con el procurador acerca de mi caso («Con mi cuate del alma», se jactó) y le había asegurado que bajo ningún motivo pactaría mi liberación, ni cedería a imposiciones de funcionarios en retiro, en clara referencia al ex Secretario de Hacienda que había sido jefe de mi madre. «Es un hombre que respeto —había dicho—, pero ya es un cartucho quemado que no tiene ni tantito poder político para presionarme». Prometía, eso sí, el mejor trato posible para mí mientras estuviera bajo su jurisdicción.

—Y pues como tú no quieres ayudarnos ni ayudarte —concluyó Manrique—, no te va quedar de otra que resignarte a ir al bote.

No me resignaba. Simplemente consideraba canceladas todas las salidas. El costo por evitar la prisión me parecía más alto que el costo por aceptarlo.

Manrique debió salir del cubículo convencido de que en realidad sufría un grave transtorno emocional.

A LAS OCHO de la noche llegaron dos policías para trasladarme. Recorrimos una decena de pasillos sorteando escritorios arrumbados y cajas con archivos muertos apiladas unas sobre otras. Arribamos a una oficina espaciosa y confortable con un gran ventanal orientado hacia una avenida. Un escritorio de madera oscura y un sillón de cuero negro ocupaban la mitad del espacio. Había varias clavijas para teléfono pero ningún aparato. Sobre un rincón habían colocado una bolsa de dormir y mi almohada, la misma que había usado desde niño. Una almohada pachona con relleno de pluma y funda de rayón. También mi raída piyama azul de franela. Lejos de confortarme ambos objetos, familiares, próximos, me hicieron sentir agredido. Eran una intrusión del hogar en el caos de mi derrumbe, el recordatorio doloroso de un mundo al cual ya no podía ni quería regresar. Metí la piyama dentro de la almohada y las aventé detrás del archivero.

TAL Y COMO me lo había prometido el flaco la oficina contaba con baño propio. Me senté sobre la tapa del excusado con la luz apagada. Un constante murmullo indicaba que uno de los empaques de la tubería se hallaba roto y el agua del depósito se vertía hacia el caño. Las paredes olían a humedad. ¿Quién y cuándo inventó los baños? ¿Quién creó los excusados, las regaderas y los lavabos? ¿De quién fue la idea de mezclar el agua caliente y la fría, de los cepillos de dientes, de los jabones, de las hojas de rasurar, de los peines? Los baños me parecen lugares tristes y yo, en el baño de esa oficina, me sentí más triste que nunca.

UNA TARDE EN el motel, después de hacer el amor, Tania me relató la historia de un anciano de ochenta y siete años que se hallaba en una sala de terapia intensiva debido a un derrame cerebral. Era un francés que se estableció en México a la edad de veinte años recién casado con una mujer de nombre Marie. Era un hombre dedicado a su trabajo y su familia, meticuloso, ordenado. A los dos días de ingresar al hospital comenzó a hablar en «patois», el dialecto de su región nativa y el cual no había practicado en más de sesenta años, ni siquiera con su esposa, quien era originaria de otra provincia.

En sus momentos más críticos el viejo comenzó a pronunciar incesantemente un nombre: «Valerie», y a todo aquel que lo visitaba le preguntaba por ella. Su esposa, cuando lo oyó, se negó a volverlo a ver y entre dientes musitó: «Que se pudra». Los hijos y los nietos se preguntaron cuánto peso tendría ese nombre para provocar tan tardía desavenencia matrimonial. A los dos meses murió Marie, mientras el viejo continuó sus desvaríos seniles. Progresivamente empezó a desconocer a quienes lo rodeaban: sus hijos, nueras, amigos. Sólo repetía el monótono «Valerie». Nadie en la familia lograba desentrañar el misterio hasta que arribó de Francia un primo del viejo. Valerie había sido el nombre de la novia con la cual rompió, obligado por sus padres, para casarse con Marie. El viejo tuvo que abandonar a Valerie con una sensación de derrota que se prolongó durante sesenta y siete años. Nunca más volvió a verla ni a saber de ella. Sólo regresó en una ocasión a Francia —a París— a arreglar asuntos legales de una herencia.

Me imaginé al hombre en la sala del hospital palpando en el vacío los senos de una muchacha de quince años, besando su cuello, susurrándole en «patois» cuánto la amaba, añorándola hasta su último suspiro.

Tania terminó de contarme la historia y se durmió sobre mi pecho. En aquel momento creí que me la había narrado para hacerme entender que yo era el hombre de su vida. Ahora —me duele admitirlo—, creo que era Gregorio en quien pensaba.

EL SILENCIO DENTRO de la oficina era total. Dicen que una de las cosas más infames de la cárcel es la ausencia de silencio. Siempre hay un grito, una voz, una gota que cae, pisadas, ronquidos. Debía aprovechar pues la que probablemente fuera mi última noche de silencio.

ME DORMÍ PROFUNDO. Mi cansancio era tal que no me percaté de que había recostado la cara sobre una tachuela. A media madrugada entró el flaco con tres policías. Prendió la luz y me despertó empujándome con la suela del zapato. Me incorporé y me tallé los ojos. De pronto me invadió el temor de ser torturado. Pregunté qué sucedía.

—Ya te vas —respondió el comandante.

Supuse que me transferían a los separos o de una vez a la prisión.

—¿Adónde? —inquirí nervioso.

El comandante sonrió con una mueca dura y apretada.

—A tu casa, amiguito.

—¿Por?

El comandante se agachó y quedó en cuclillas frente a mí.

—No tengo la más puta idea de quién seas, pero no cabe duda de que te apoyan amigos muy picudos.

—¿De qué habla?

—El secretario de Gobernación le pidió al procurador, o más bien, le ordenó, le exigió que te soltara. ¿Cómo ves?

No supe qué responderle.

—El jefe está que se lo lleva la chingada —continuó— pero no le queda otra que obedecer, así que párate de volada y lárgate antes de que los de allá arriba se arrepientan.

Salí de la bolsa de dormir y me senté a ponerme los zapatos. El comandante me entregó dos fólders.

—Son tuyos —dijo.

Eran los originales de las declaraciones de Tania y mías.

—Guárdalas de recuerdo, rómpelas o métetelas por el culo —se mofó el flaco.

Se le veía molesto. Mi liberación no parecía causarle ninguna gracia. Me puse de pie. El flaco me sacudió una pelusa de la alfombra que había quedado sobre mi camisa y señaló mi pómulo.

—Tienes sangre —advirtió.

La tachuela me había pinchado pero no sentía dolor.

—Vámonos —ordenó.

Transitamos por los pasillos a oscuras. Llegamos a un escritorio cercano al cubículo donde me habían encerrado antes. El comandante abrió una gaveta y —envuelta en una bolsa de plástico— extrajo la pistola que me había regalado Camariña.

—Te la devuelvo —dijo.

Sacó unas hojas y comenzó a partirlas en pedacitos.

—Son las copias de tu declaración y la de la chava que te acusó.

Rompió también las tarjetas con mis huellas digitales.

—Son órdenes del procurador —aclaró—, tú nunca estuviste aquí ¿me entiendes? Nunca...

Calló y miró mi dedo lastimado.

—y por supuesto yo no te hice eso ¿o sí?

Negué con la cabeza. Caminamos hacia los elevadores escoltados por los policías que se veían desvelados y de mal humor. Entramos al ascensor y uno de los policías apretó el botón de Planta Baja.

Se abrieron las puertas. En el vestíbulo vigilaban varios policías más. Algunos miraron con recelo el arma embolsada que llevaba en mi mano. Con una señal el flaco ordenó a uno de sus subordinados que abriera la puerta principal. Luego me tomó del hombro y me dio un empellón hacia la calle.

—Vete ya —dijo.

Bajé la escalinata. Una patrulla con la torreta encendida pasó rauda y se dirigió hacia los estacionamientos subterráneos. Le pregunté la hora a uno de los policías judiciales que deambulaban por ahí. «Las cuatro y veinte», respondió.

Me senté sobre la banqueta sin saber qué hacer. No contaba con un solo peso y ni siquiera me quedaba claro hacia dónde debía ir.

Regresé al edificio a buscar al comandante. Un judicial me

detuvo en la entrada. «¿Adónde va?», preguntó con brusquedad. Señalé al comandante que aún se encontraba en el vestíbulo. «A hablar con él», respondí.

El judicial le dio aviso y el flaco vino a mi encuentro.

—Me extrañas ¿verdad cabrón? —dijo sin sonreír.

Le expliqué que no tenía cómo irme a mi casa.

—Me vale madres.

—No me puede dejar botado así nomás —le reclamé.

—Ya pude —se burló.

Dio media vuelta y entró al edificio. Le seguí y me le atravesé.

—Por lo menos déme un aventón ¿no?

El flaco me miró de arriba abajo y continuó su camino. De nuevo volví a interponerme.

—¡Uyuyuy! —exclamó—, no tiene ni dos minutos que te solté y ya te sientes muy chicho.

—Son las cuatro y media de la mañana y no tengo cómo irme —insistí.

Miró su reloj y negó con la cabeza.

—Te equivocas: son las cuatro y veinticinco…

—Es que yo… —comencé a protestar cuando el flaco giró y se prensó de mi anular izquierdo.

—Es que mis huevos… —dijo y empezó a doblarlo hacia atrás. Traté de zafarme pero con la otra mano afianzó la llave.

—Te puedo romper cada uno de tus pinches huesos si no te largas —advirtió.

Me soltó y varios judiciales me rodearon amenazantes.

—Lárgate —dijo tronando los dedos.

Me encaminé hacia la puerta. Antes de salir el flaco me llamó.

—Además, no seas chillón —dijo—, ya le avisamos a tu abogado y no tarda en venir.

Me senté en la escalinata a aguardarlo. Para no levantar suspicacias oculté la pistola dentro de mi camisa. En un principio los policías judiciales se mantuvieron a la expectativa pero luego se olvidaron de mí.

MANRIQUE LLEGÓ A LAS siete de la mañana.

—Qué suerte tienes —dijo al verme.

Me cogió del brazo y me ayudó a incorporarme. Se le notaba mucho menos tenso que el día anterior.

—Has sido el caso más fácil de mi vida —bromeó.

Me invitó un jugo de naranja en un puesto callejero cercano. Me explicó que las órdenes del Secretario de Gobernación habían sido demasiado tajantes y que el procurador tuvo que acatarlas de inmediato.

—¿No que no se dejaba de nadie? —me burlé.

—Pues sí pero donde manda capitán...

Le pregunté si el Secretario de Gobernación había actuado por las influencias de mi madre. «Ésas no sirvieron de nada», dijo riéndose mientras le daba un sorbo a su jugo. Explicó que quien había intercedido por mí había sido el hijastro del Secretario: Jacinto Anaya.

—¿Quién? —inquirí pasmado.

—Jacinto Anaya —repitió Manrique sonriente.

Me resistí a creerlo.

—¿Por qué lo hizo?

Manrique me miró, extrañado.

—¿Que no es muy amigo tuyo?

Negué con la cabeza.

—Pues debe serlo —concluyó— porque te ayudó un chingo.

Me sentí indefenso. Me pareció que Jacinto había promovido mi liberación para poder acometerme a sus anchas en campo abierto. De nuevo la remota voluntad de Gregorio intervenía en mi destino. ¿Cuándo me dejaría en paz? ¿Cuándo?

—No te ves muy contento —dijo Manrique. Me palmeó en el muslo y pagó los jugos—. Vámonos, te llevo a tu casa.

Subimos al auto. Aún no daban las ocho y ya se adivinaba un calor sofocante. Manrique accionó el aire acondicionado e introdujo en el tocacintas un cassette de música clásica.

—Para que te relajes —sugirió.

Me confió que mis padres aún no se enteraban de mi liberación.

—Les vas a dar una sorpresa —afirmó.

Lo guié hacia el motel en vez de mi casa. Dos cuadras antes de llegar le señalé una casa gris con un portón rojo. «Ahí vivo», le dije.

Manrique no se detuvo y continuó avanzando, dio vuelta a la calle y se estacionó frente al motel.

—No te olvides que soy tu abogado —dijo— y que los abogados sabemos todo de nuestros clientes.

Me sentí estúpido.

—No hay bronca, hombre —dijo—, sólo que la próxima confía en mí.

Acordamos que él daría aviso a mis padres sin revelarles el lugar donde me encontraba. Me prestó doscientos pesos «A cuenta de honorarios», aclaró burlón, y en una tarjeta suya anotó el teléfono de su casa.

—Sólo llámame en emergencias —advirtió al entregármela.

ENTRÉ AL MOTEL. Pancho me vio desde lejos y presuroso se acercó.

—¿Cómo estás? —preguntó.

—Más o menos —respondí.

—El patrón y yo nos quedamos bien preocupados —dijo.

Me contó que tres o cuatro veces habían ido los agentes judiciales a interrogarlos sobre quién era yo, qué hacía, con quién iba al motel, con qué frecuencia, etc. Me dijo que incluso a Camariña le habían tomado sus huellas dactilares.

—¿Pues qué tanto hiciste? —preguntó con curiosidad.

—Me confundieron con otro —le dije.

—Me lo imaginé —dijo Pancho.

Saqué la pistola de dentro de mi camisa y se la entregué.

—Por favor, devuélvesela al señor Camariña —le pedí.

Me dirigí al cuarto. Abrí la puerta. Olía a limpiapisos. Todo se encontraba en aparente orden: la cama, las cortinas, el espejo, el tocador.

Me senté sobre el colchón. El libro de Ruvalcaba había desaparecido de encima del buró. Experimenté un gran vacío, como si se hubiese roto el último de mis vínculos con Tania. Salí y le pregunté a Pancho si ella había venido.

—Durmió aquí antenoche —dijo— y se fue ayer por la tarde.

Volví a la habitación. Mientras me desnudaba para bañarme descubrí en una esquina del tocador un pedazo de la envoltura de un Salvavidas. Lo recogí, lo doblé con cuidado y lo metí en mi cartera. Terminé de bañarme, me recosté sobre la cama y me dormí.

ME ENCERRÉ VARIOS DÍAS en el cuarto. No quería salir ni hablar con nadie. Me la pasé dormitando la mayor parte del tiempo. A veces me despertaban agudas punzadas en el dedo que me hacían correr al lavabo a meter la mano bajo el chorro de agua caliente. Los aguijonazos se calmaban después de un largo rato y de cinco o seis aspirinas que me tomaba de un jalón.

También me despertaban los resoplidos del búfalo invisible. Brincaba de la cama y tomaba aire hasta tranquilizarme. En una ocasión me aterré: las respiraciones continuaron a lo largo de todo un día. Las escuchaba vibrar por la habitación: incesantes, furiosas. Como nunca estuve cerca de la locura.

Tania me hacía bastante más falta de la que había creído y estoy seguro que ella me necesitaba aún más. Debía estar enloqueciendo al igual que yo, luchando por zafarse de sus culpas, sus miedos, sus mentiras. De sus traiciones, de sus pinches, jodidas traiciones. Y yo cada minuto extrañándola más.

Sabía que Jacinto Anaya me acechaba y que a través suyo Gregorio continuaría su acoso. Jacinto había actuado con mucha más inteligencia que yo. Ni de lejos era el tipo burdo que había imaginado. Sus jugadas eran finas, imprevisibles y me era difícil intuir sus próximos movimientos.

PRONTO ME QUEDÉ sin dinero. Los doscientos pesos que me había prestado Manrique me los gasté encargando pizzas de salami a domicilio. Luego de entregármelas, los despachadores se quedaban parados frente a mí aguardando su propina pero yo les cerraba la puerta sin decirles nada.

Tuve que pedirle prestado a Pancho. Apenas completó cincuenta pesos. La mitad la usé en comprar una caja de Dolac en la farmacia de la esquina (las aspirinas ya no me surtían efecto) y el resto lo despilfarré en antojitos. A los quince minutos me encontré otra vez sin dinero para comer.

Camariña me enviaba el *Reforma* y el *Excélsior* todas las mañanas. Quizás adivinaba que en verdad me había metido en un lío y suponía que deseaba enterarme de algo, o simplemente me los mandaba para que tuviera algo que leer y no me aburriera tanto. Al principio los periódicos dieron seguimiento a las noticias sobre el incidente en el zoológico e incluso mencionaron que la policía se encontraba tras la pista de dos o tres sospechosos. Volvieron a reproducir el retrato hablado de Gregorio e instaban al público a colaborar en su localización. En una entrevista el procurador aseguró que no descansaría hasta dar con el «responsable de tan atroz acción». Se atrevió a prometer un máximo de un mes para dar con el culpable.

A la semana los diarios ya casi se habían olvidado del asunto cuando una noche un indigente se suicidó arrojándose a las vías del Metro. A pesar de que quedó irreconocible la policía lo identificó con celeridad como el criminal buscado y cerró el caso. Los titulares de los periódicos lo destacaron en primera plana y ya no volvieron a tratar el tema. Días después un comunicado de prensa anunció que el comandante Martín Ramírez había obtenido un ascenso por haber resuelto tan «delicada investigación». Me imaginé al flaco, con sus ademanes corteses y femeninos, brindando a mi salud.

LES HABÍA PEDIDO a Pancho y a Camariña que me negaran ante cualquier persona que me buscara. Los tres primeros días nadie preguntó por mí, pero al cuarto se presentaron mis padres. Según Pancho, a ambos se les veía muy preocupados. Sabían de mi liberación pero no tenían idea de dónde hallarme (tampoco habían encontrado a Tania). Pancho les aseguró no haberme visto por el motel. Ellos se angustiaron aún más y se fueron afligidos. Pancho me confesó haberse arrepentido de mentirles. «De veras Manuel que me dieron pena», me dijo.

Esa misma noche los llamé para tranquilizarlos. Mi madre me pidió perdón y yo a ella. «Te quiero mucho, mucho», me dijo llorando. Se le oía muy asustada. Le expliqué que no había vuelto a la casa para pensar mejor las cosas, que no era por ellos que me había alejado y que pronto volvería. Me mandó un beso y colgó. Mi madre.

También le llamé al «Tuercas» Manrique. Al escucharme me saludó burlón. Le había divertido que culparan al teporocho suicidado por la balacera en el zoológico.

—Se ha de haber parecido a ti —se mofó.

Le pregunté si podía prestarme algo de dinero.

—A cuenta de honorarios —aclaré.

—No —respondió con desfachatez—, yo ya cumplí como abogado. Ahora tienes que rascarte con tus propias uñas.

El cabrón se despidió muerto de la risa.

CAMARIÑA, QUIEN DESDE su oficina escuchó mi conversación con Manrique, se acercó a mí y me dio cuatrocientos pesos sin oportunidad de rechazarlos.

—Luego me los pagas —dijo.

Notó mi mano lastimada. La revisó y me contó que en una ocasión él también se había luxado un dedo tratando de interceptar una mula desbocada. Sacó un botiquín, me untó el dedo con pomada del tigre y me lo entablilló.

—No te quites el vendaje en tres semanas —indicó.

Gracias a él por primera vez pude dormir sin dolor.

A LA MAÑANA SIGUIENTE me despertó Pancho.

—Te llegó esto —dijo y me mostró una carta. De inmediato reconocí en el sobre la caligrafía de Jacinto Anaya.

La tomé y la rompí sin abrirla. Pancho me miró azorado.

—¿Por qué la rompes?

—Porque ya sé lo que dice.

—¿Y qué es lo que dice?

—Nada importante —le respondí.

Le pregunté quién la había traído.

—No sé —contestó—, la dejaron sobre el mostrador en la madrugada.

Al día siguiente llegó otra carta, misma que también rompí. Al igual que la anterior había sido depositada en la recepción cuando nadie la atendía.

Esa noche marqué al teléfono de Jacinto. No contestó ni él ni la grabadora. Intenté repetidas veces: nada. Me frustró no hallarlo. Ahora Jacinto podía estar en cualquier lado, lejos de mi alcance. Ya ni siquiera tendría el consuelo de mentarle la madre en la grabadora.

DOS DÍAS DESPUÉS Pancho me entregó una bolsa de plástico transparente, sellada con dúrex. Traía pegado un papelito que decía: «Para Manuel Aguilera, cuarto 803, un *souvenir*». Venía escrito con una caligrafía desconocida. Una caligrafía extraña, decididamente femenina, que juntaba demasiado las letras y que trazaba la «e» y la «l» casi con el mismo tamaño. ¿Quién chingados le entraba ahora al juego? ¿Una amiga de Jacinto? ¿Su novia? ¿O una nueva mensajera de Gregorio que actuaba al margen de Jacinto?

Dentro de la bolsa venían dos fotografías de Tania, tomadas con cámaras Polaroid, de las que revelan al instante. Atrás de una de las fotos Tania había anotado: «Cuatro de febrero, una vez más». Aparecía sentada sobre una cama en una habitación que no reconocí pero que daba toda la pinta de ubicarse en un motel de paso. Tania miraba con gesto lánguido, el cabello cubriéndole parte del rostro, descansando los codos sobre las rodillas. Pareciera que acabara de pronunciar una palabra, con los labios aún abiertos, las cejas alzadas y una media sonrisa.

En la otra salía retratada de pie en la vereda de un parque que tampoco identifiqué (¿por qué las mujeres que amamos llegan a conocer lugares tan ajenos a nosotros?). Tania miraba hacia otro lado, con los brazos cruzados, pensativa. La sombra de quien la fotografiaba se proyectaba sobre el sendero. Debía haber sido o muy tarde o muy de mañana, porque la sombra se alargaba hacia una banca cercana. Se adivinaba una silueta masculina. Sin duda la silueta de Gregorio.

Ya había perdido a Tania, a mi mejor amigo, a mi mejor enemigo. Me había perdido a mí mismo. ¿Qué ganaba Gregorio escupiéndomelo así? ¿Qué demonios ganaba?

Puse las fotos bajo la almohada y me dormí sobre ellas.

TRANSCURRIERON ALGUNOS DÍAS y no volví a recibir cartas ni fotos. Quizás el arsenal de Gregorio se había agotado. Telefoneé en varias ocasiones a mis padres, pero, como en cada una los oía más ansiosos, dejé de hacerlo. Empezaban a temerme y eso me lastimaba.

Llamé a las amigas de Tania para preguntar por ella, pero la mayoría no la había visto en las últimas dos semanas. Sólo Mónica Abín había hablado con ella recientemente. Tania se había presentado de súbito en su casa para pedirle prestadas unas blusas y faldas. Adujo razones absurdas en las cuales Mónica no quiso ahondar. «El lunes te las devuelvo», le dijo. Luego se esfumó sin dejar rastro.

Administré mejor el dinero que me había dado Camariña. En lugar de derrocharlo en pizzas, decidí comprar víveres baratos que no se echaran a perder fácilmente: cereales, leche ultrapasteurizada, pan Bimbo, latas de atún y sardinas, una reja de Coca-Colas familiar, jugos, frutas y de postre: Gerbers de manzana y de mango.

Marzo resultó ser un mes excesivamente caluroso. Era insoportable estar dentro del cuarto pero no me gustaba alejarme. Al interior del motel me sentía protegido y salir me angustiaba. Por las mañanas me sentaba en el pasillo a ver la televisión con Camariña. Puros programas aburridísimos que Camariña hacía divertidos con comentarios sarcásticos. Se burlaba en especial de una guapa conductora, ya cuarentona, que se obstinaba en mostrar sus varices con unos vestidos cortitos. «¡Upa! —exclamaba Camariña cada vez que la doña cruzaba las piernas—. La lombriz azul ataca de nuevo».

Al mediodía Camariña se encerraba en su oficina a revisar las cuentas y guardaba el televisor. Entonces yo me recargaba en la pared exterior del cuarto a observar las parejas que entraban. Casi todas cumplían los mismos ritos: las mujeres se agachaban o se tapaban; los hombres miraban al frente y después de estacionarse bajaban del auto a pagar con falsa decisión y cara de «he hecho esto mil veces». Al salir la mayoría de las mujeres aprovechaban para darse una última manita de gato mirándose en el espejo de la visera. Había excepciones: mujeres que resueltas cubrían la tarifa del cuarto; hombres que se hundían en el asiento del copiloto o que ocultaban el rostro con un periódico y hombres que tardaban arreglándose el peinado frente al espejo retrovisor o verificando que no quedaran marcas de lápiz labial sobre el cuello de su camisa.

Por las noches me acostaba desnudo sobre la cama con la luz encendida, soportando el calor y esperando las acometidas del búfalo azul.

. . .

UNA NOCHE, COMO a las once, tocó a la puerta el muchacho de cabello crespo para avisarme que en recepción me llamaban por teléfono.

—¿No sabes quién? —le interrogué.

Respondió encogiéndose de hombros.

—¿Cómo estás? —me preguntó Jacinto en cuanto contesté.

—Con mucho calor —le respondí reconociendo de inmediato su voz.

—Sabes quién habla, ¿verdad?

—Sí.

—Está de la chingada ¿no? —dijo luego de una pausa.

—¿Qué?

—Eso: el calor —recalcó.

Nos quedamos callados unos instantes.

—¿Qué quieres? —le pregunté.

—Nunca tuvimos chance de hablar.

—Te rajaste —le dije.

—Yo nunca me rajo —replicó.

—Pues aquella vez en el zoológico yo creo que sí.

Con la mano le hice la seña al muchacho de pelo crespo que todo estaba bien y podía irse. Se había quedado de pie junto a mí atento a nuestra conversación.

—Tú no entiendes, maestro —aseguró Jacinto.

—¿No?

—No, no entiendes nada.

—¿Por qué no me lo explicas?

—Para eso te hablo, para explicártelo.

—¿Por teléfono o en persona?

—En persona.

—¿Y cuándo?

—Ahorita, si quieres —dijo.

—No tienes los huevos.

—Claro que los tengo y si no me crees voltea atrás de ti.

Me giré lentamente. Desde el ventanal que daba a la recepción Jacinto me observaba con un celular en la mano.

—Ya ves que sí tengo huevos.

Colgué y Jacinto sonrió. Hizo un ademán con los brazos invitándome a salir. Crucé la puerta frente a él. Era más alto y robusto de como me lo había imaginado.

—Ya era hora que nos conociéramos ¿verdad? —dijo burlón.

—¿Para?

—Para hablar de muchas cosas.

—Dímelas.

Jacinto señaló con la barbilla al muchacho de pelo crespo, quien ahora nos observaba parado a cinco metros de distancia.

—¿No te importa que nos escuche? —interrogó el gordo.

—Me da igual —respondí.

Jacinto meneó la cabeza.

—No, vamos a otro lado —ordenó.

—*OK,* vamos al cuarto.

Jacinto sonrió.

—Mejor...

Llegamos y me senté sobre la cama destendida. Jacinto apuntó hacia el banco del tocador.

—¿Me puedo sentar?

Asentí. Jacinto se dejó caer con pesadez. El banco pareció romperse. Se acomodó y contempló la habitación.

—Conque éste es el famoso 803 —dijo.

Su comentario me irritó pero antes de que pudiera reclamarle Jacinto se puso nuevamente de pie.

—¿Me permites tu baño?

—Adelante —le dije estirando la mano.

Jacinto entró y cerró la puerta con seguro. Me incorporé y de la reja de Coca-Colas tomé tres cascos vacíos y los oculté por si las cosas se violentaban. Uno bajo la cama, otro tras las cortinas y el tercero bajo el buró.

Jacinto salió abrochándose el cinturón y volvió a sentarse sobre el banco. Se me quedó mirando fijamente, sacó un paliacate de un bolsillo de su pantalón y se enjugó el sudor de la frente.

—¿Entonces es aquí donde te veías con Tania? —preguntó.

—Sí ¿por?

—Está bastante pinche el lugarcito ¿no crees?

—A mí no me vengas con chingaderas —le dije— y si tienes algo que decirme no le des tantas vueltas y suéltalo de una vez.

Sin inmutarse, Jacinto dobló con cuidado el paliacate y lo volvió a guardar.

—No te ofendas, fue sólo una pendejada que se me ocurrió.

—Como también se te ocurrió mandarme las cartitas de Gregorio ¿o no?

—Puede ser.

—Ya estás grandecito para jugar al corre-y-ve-y-dile.

—No es un juego. Ni Gregorio ni yo estamos jugando.

—Gregorio ya está muerto ¿no te lo habían dicho?

Negó con la cabeza.

—Ya déjate de mamadas y dime qué quieres —le dije.

Jacinto abrió las manos y chistó varias veces con la lengua.

—La verdad no quiero nada.

—Entonces no me estés chingando.

Me miró amenazante.

—No te gusta que te chinguen ¿verdad? Pero tú cómo te dedicaste a chingar gente, cabrón.

Deslicé la mano adonde había ocultado el casco bajo la cama.

—¿Como a quién? —inquirí.

—A Gregorio, por ejemplo —respondió.

—¿Gregorio? Gregorio al que lo tocaba lo hacía mierda.

—A mí no.

—Tuviste suerte.

De pronto se puso de pie y señaló un litro de leche.

—¿Me regalas una poca? —preguntó—. Tengo que tomar una medicina.

Le serví en un vaso desechable. Jacinto sacó dos pastillas de una caja azul y las tragó con un gran sorbo.

—Gracias —dijo.

Puso el vaso sobre el tocador, volvió a sentarse y echó el cuerpo hacia atrás.

—Nunca te han encerrado en un psiquiátrico ¿o sí?

—No.

Suspiró y miró hacia el piso como rememorando algo.

—Cuando uno está allá adentro —continuó volviendo los ojos hacia mí— te sostienes por hilos muy delgados y cuando esos hilos se rompen todo se convierte en un torbellino. No hay norte, no hay sur, no hay abajo, no hay arriba, no hay izquierda, no hay derecha. ¿Me entiendes?

—No, no te entiendo.

Se llevó las manos a la cabeza, se restiró el cabello y se aclaró la garganta. Su voz resonó más grave.

—¿Sabes cómo se llamaba el hilo que sostenía a Gregorio?

—No.

—Se llamaba Tania.

Reí por la provocación.

—Pues resulta —agregué— que así también se llama mi hilo.

—Sí —dijo y con su índice izquierdo se golpeó repetidas veces la sien—, pero tú nunca te has perdido aquí dentro.

—No estés tan seguro.

—No, no sabes lo que es eso, te lo digo por experiencia. No tienes ni la más puta idea.

—Sí lo sé, sólo que algunos somos más fuertes que otros.

Jacinto se mordió un padrastro en el pulgar y sacudió la cabeza.

—Y luego dices que Gregorio era el que todo lo destruía.

—Tan destruía —afirmé— que se destruyó a sí mismo.

—O más bien le ayudaron.

—Mira —le dije—: Gregorio era mi mejor amigo, lo conocí desde hace mucho tiempo y yo vi cómo solito se fue rompiendo. No había mucho que hacer, te lo puedo asegurar.

—Tú no fuiste su amigo —reprochó enojado—, tú le diste en la madre.

—Los dos nos dimos con todo, maestro, con todo.

—¿Y quién perdió?

—No se trata de ver quién perdió o quién ganó.

—¿Quién perdió? —insistió.

—Ninguno de los dos ¡carajo!

—Él está muerto y tú aquí, tan tranquilo.

Empecé a rebatirlo a manotazos.

—Él se mató porque se le pegó la gana ¿yo qué chingados tuve que ver?

—No te das cuenta ¿verdad?

—¿De qué?

—De que tú eres el que todo lo hace mierda. Por qué crees que Tania se la pasa huyendo de ti.

Estuve tentado a coger el casco bajo la cama y reventárselo en el cráneo.

—No vuelvas a meter a Tania en esto o voy a hacer que te tragues tus propios huevos.

—¡Uy qué susto! —dijo.

Nos quedamos en silencio, midiéndonos, tanteándonos.

Jacinto era muy grande, pero estaba convencido que podía dominarlo a botellazos.

—Es por Tania que estoy aquí —dijo de pronto.

—¿Qué?

—Te tiene miedo, Manuel, mucho miedo.

—Lo que Tania sienta o deje de sentir por mí es bronca mía.

—Pues te tiene un chingo de miedo.

—*OK, OK, ¿y?*

—También Gregorio te tenía miedo.

Ya no lo rebatí. Sus palabras, su mirada, dejaron de ser amenazadoras para tornarse sombrías.

—No debiste andar con Tania —aseguró.

—Esas cosas pasan.

—No, esas cosas se evitan.

—Ahora resulta que eres un moralista —le dije.

Jacinto se quedó en silencio, frunciendo el ceño de vez en cuando.

—Tania y yo nos enamoramos sin buscarlo —agregué pero Jacinto no me prestó atención.

Sacó de nuevo el paliacate, se restregó el sudor de la nunca y empezó a hablar en voz baja.

—Hace muchos años, en un lugar de África que visité, hizo tanto calor que los lagos comenzaron a secarse…

Hizo una pausa para guardar el pañuelo y continuó.

—se secaron tanto que sólo quedaron manchones de agua puerca, con miles de peces muertos panza arriba, apestando el aire. No sabes cómo olía.

Terminó y guardó silencio.

—¿Y? —le pregunté.

Tragó saliva y me miró a los ojos.

—A eso creo que debes oler por dentro —contestó.

No dijo más. Se puso de pie y se dirigió hacia la puerta. Me interpuse en su camino.

—¿Dónde está Tania? —le pregunté.

—No sé —respondió.

—Tú sabes adónde se fue, no me quieras ver la cara de pendejo.

—De verdad que no lo sé.

Se hizo a un lado para proseguir su camino, pero de nuevo lo intercepté.

—Falta que me digas muchas cosas.

—Era todo lo que te tenía que decir.

Cogí las fotos de Tania que había recibido la semana pasada y se las mostré.

—¿Y esto?

Las tomó y las revisó minuciosamente.

—Nunca las había visto —dijo con seguridad y me las devolvió.

—Entonces ¿quién me las trajo?

—Yo no fui, yo ya cumplí con mi parte.

—¿Y cuál era tu parte?

Suspiró hondo y se humedeció los labios.

—Demostrarte que no estás a salvo.

Me esquivó y salió sin cerrar la puerta que daba al patio. Me senté sobre la cama, aturdido. De golpe descubrí cuánto me había querido Gregorio y cuánto aún lo quería yo. Carajo: ¿quién era ahora el Rey Midas de la destrucción?

Me quedé el resto de la noche sentado sobre la cama, con la puerta abierta, sin moverme, pensando en el putrefacto aire de una lejana llanura africana, hasta que amaneció.

NO REGRESÉ A MI CASA y me quedé a vivir en el motel. Pago el cuarto y me mantengo trabajando para Camariña. Me encargo de la contabilidad y superviso la operación de las habitaciones. Incluso ejecuté algunas mejoras arquitectónicas. El motel luce más moderno, más funcional y puedo afirmar que desde entonces la clientela aumentó. No mucho pero aumentó.

Camariña confía plenamente en mí y sólo va al motel cada tercer día por las tardes. Las cuentas se las presento ordenadas y claras, con un balance detallado de ingresos y egresos. Hasta reporte de gasto diario de jabones elaboro. Él asegura que si sigo igual se asocia conmigo.

En mi cuarto cuento con una televisión a color, una repisa con libros, un aparato de sonido y un teléfono conectado a la línea privada de Camariña. Me compré un ejemplar de *Músico de cortesanas,* el cual siempre guardo junto al buró. Lo sigo consultando como mi *I Ching* personal y casi nunca se equivoca.

La relación con mis padres cambió para bien desde que no vivo en la casa, sobre todo con mi madre. Comemos juntos los sábados. Mi padre sigue quejándose del volumen de la música de la muchachita de al lado; Luis, brincando de una novia anodina a otra, y mi madre preparando sándwichs de pollo con cebolla. Ella ha vuelto a trabajar. Ahora ejerce como coordinadora de acción ciudadana en la delegación Benito Juárez. Ya no le abruma no estar en la casa y ha dejado de sentirse culpable.

Margarita mintió. Ni Joaquín ni sus padres se enteraron de nuestra relación. Actuó así —me confesó— para protegerse de mí. Ella también me tenía miedo. Me pareció injusta. Habíamos sido amigos, cómplices, confidentes. Sabía tanto de mí que era difícil hacerle daño. Y a pesar de ello, se lo hice.

Volví a hacer el amor con ella tres veces más. Una en su casa, otra en el 803 y la última en plena calle, una madrugada. Las tres lo hicimos con prisa. Ella con cierta rabia y cierto temor. Yo con abandono, indiferente, casi por no dejar. Desde entonces nos hemos alejado y nuestro contacto se reduce a un muy ocasional telefonazo. Sé que tiene un novio al que no quiere y con quien es posible se llegue a casar.

SEGÚN ME CONTÓ Manrique, Jacinto reingresó al hospital psiquiátrico. Sufre de severos estados maniaco-depresivos. Para no tener problemas con él, su padrastro —el secretario— le complace sus caprichos, uno de los cuales consistió en solicitar mi liberación. Pero al menor pretexto lo manda encerrar de nuevo. Jacinto vive otra vez en el mundo del Prozac, el Tegretol y las batitas azules.

TANIA DESAPARECIÓ. HA transcurrido más de un año y nadie ha sabido de ella. Sus padres han recorrido morgues, hospitales y cárceles hasta el cansancio. Viajan angustiados de una ciudad a otra rastreando pistas falsas. Siempre hay alguien que asevera haberla visto en tal o cual lugar. Y allá van a buscarla para regresar decepcionados a los pocos días.

Yo sé que Tania está bien, que piensa en mí, que aún me ama. Luis me cuenta que a veces, en la madrugada, suena el teléfono en la casa. Nadie contesta, sólo se escucha una respiración y luego cuelgan. Es ella quien llama, estoy seguro.

No he podido olvidarla. La extraño noche a noche. Duermo desnudo con la esperanza de que algún día cruce el umbral de la puerta y venga a acostarse junto a mí. Porque me es imposible dejar de amarla. Lo he intentado y no lo logro. Le he hecho el amor a otras ocho o diez mujeres, y cada vez que penetro una recuerdo el cálido vientre de Tania sobre mí y cierro los ojos y pienso en ella.

• • •

HE REGRESADO AL ZOOLÓGICO. Invariablemente me dirijo al foso de los jaguares. Contemplo a la hembra solitaria durante horas. A veces logro percibir un suave ronroneo mientras dormita. Es un ronroneo triste, ancestral. Me imagino que los animales sueñan y que ella sueña con el macho perdido, con las hileras de estudiantes que se amontonan a observarla, con el ruido de los aviones que pasan por encima.

La hembra sueña y ronronea.

EL ÚLTIMO MENSAJE que me llegó de Gregorio consistió en un sobre en cuyo interior venía una tarjeta blanca salpicada con su sangre, tres tijerillas y una frase: «El búfalo de la noche sueña con nosotros». Nunca pude averiguar quién me la envió.

EN UNA OCASIÓN fui a ver una película. Trataba de dos hermanos que en su juventud fueron muy rebeldes. Al crecer, uno se convirtió en policía, el otro en criminal. El policía eligió una vida tranquila, familiar. El delincuente, una existencia oscura, nómada.

Una tarde, en un bar, el hermano criminal le echa en cara a su hermano policía que ha perdido el fuego, que se ha sometido y humillado, que se ha convertido en una caricatura de sí mismo. Le insta a recuperar el fuego, a abandonar su rutina de hombre responsable y aburrido. El hermano policía no le responde. Se limita a romper una botella contra la barra y a rajar uno de sus antebrazos con el cristal roto. «El fuego se lleva por dentro», le dice escurriendo sangre. El otro lo mira, atónito. Con calma el policía de ofrece el vidrio sangrante. El hermano lo rechaza y sale huyendo del lugar.

Guillermo Arriaga

• • •

VARIAS VECES DESPIERTO sintiendo sobre mi nuca el azul aliento del búfalo de la noche. Es la muerte que me roza, lo sé. Es la tentación de dispararme un balazo en la frente, de concluirlo todo: es el fuego que me quema por dentro.

Es la muerte, lo sé.